BARON DE NERVO

CARACTÈRES CONTEMPORAINS

CALCHAS II

SA DYNASTIE, SON EMPIRE

Tout oracle est moins sûr que celui de Calchas!

PARIS

CALMANN LÉVY, ÉDITEUR
ANCIENNE MAISON MICHEL LÉVY FRÈRES

RUE AUBER, 3, ET BOULEVARD DES ITALIENS 15
A LA LIBRAIRIE NOUVELLE

1879

CALCHAS II

OUVRAGES

DE M. LE BARON DE NERVO

Voyage en Sicile, 1833. . . . . 2 vol. in-8°.

Les finances de la France et de l'Angleterre.. . . . . 1 vol. in-8°.

Les finances de la France, 1852-59. . . . . 2 vol. in-8°.

Les finances du Cantal. . . . . 1 vol. in-8°

Histoire des finances françaises sous l'ancienne monarchie; la République, le Con-
sulat et l'Empire. . . . . 4 vol. in-8°.

Histoire des finances françaises sous la Res-
tauration. . . . . 2 vol. in-8°.

Le comte Corvetto, ministre des finances
sous le roi Louis VIII; sa vie. . . . . . 1 vol. in-8°.

L'Espagne, ses finances, son administration,
son armée, 1857. . . . . 1 vol. in-8°.

Histoire générale d'Espagne jusqu'à Ferdi-
nand et Isabelle. . . . . 4 vol. in-8°.

Isabelle la Catholique, sa vie, son temps,
son règne, 1451-1504. . . . . 1 aol. in-8°.

Gustave III, roi de Suède et Anckarstroëm. 1 vol. in-8°.

Souvenirs de ma vie, 1810-1870. . . . . . 1 vol. in-8°.

Dictons et proverbes espagnols. . . . . . 1 vol. in-8°.

Les Trois Ages de la vie. . . . . 1 vol. in-8°.

BARON DE NERVO

CARACTÈRES CONTEMPORAINS

CALCHAS II

SA DYNASTIE, SON EMPIRE

Tout oracle est moins sûr que celui de Calchas!

C · L

PARIS

CALMANN LÉVY, ÉDITEUR

ANCIENNE MAISON MICHEL LÉVY FRÈRES

RUE AUBER, 3, ET BOULEVARD DES ITALIENS, 15

À LA LIBRAIRIE NOUVELLE

—

1879

Droits de reproduction et de traduction réservés

©

A LIRE D'ABORD.

Ceci n'est ni un roman, ni une fantaisie d'imagination. Rien n'y est inventé, tout y est arrivé; les noms seuls sont supposés.

Pour ceux qui savent lire entre les lignes, ils reconnaîtront facilement les personnages et les acteurs de cette amoureuse et tragique aventure.

Elle est d'hier.

CALCHAS II

I.

Calchas, premier du nom, fils de Thestor, était le célèbre oracle de la Grèce. — Il rendait ses arrêts dans le temple de Delphes. Ce temple, dédié à Apollon, était le plus riche entre tous; ses murs resplendissaient des marbres les plus précieux. — Sur ses autels étaient déposés tous les trésors, toutes les offrandes, toutes les fleurs. — Dans son sanctuaire, tous les croyants, les fidèles, les amoureux, les curieux de l'avenir, — riches et pauvres, joyeux et affligés, grands et petits, princes et sujets, venaient, en foule inquiète et pressée, prier, supplier le grand oracle ; — c'est là que sans cesse le devin interrogeait les entrailles sacrées des victimes.

Calchas, en correspondance avec les dieux de l'Olympe, savait tout, prédisait tout ; rien ne se pensait, ne se faisait sans son conseil. —Arbitre suprême de la destinée des mortels, il était comme la représentation de la Divinité sur la terre, — presque un demi-dieu.

Consulté sur la fameuse expédition des Grecs contre Troie, c'est Calchas qui avait prédit que la flotte, retenue par des vents contraires, dans le port d'Aulide, n'en sortirait qu'après que le roi Agamemnon aurait sacrifié sa propre fille Iphigénie sur les autels de Diane.

C'est CALCHAS qui avait prédit que cette grande guerre, issue du rapt d'Hélène par le beau Pâris, durerait dix longues années; c'est lui qui avait dit à Agamemnon, en une langue restée immortelle :

« Voyez tout l'Hellespont blanchissant sous vos rames,
Et la perfide Troie abandonnée aux flammes,
Ses peuples dans vos fers, priant à vos genoux,
Hélène par vos mains rendue à son époux.
Voyez de vos vaisseaux les poupes couronnées
Dans cette même Aulide avec vous retournées,
Et ce triomphe heureux qui s'en va devenir
L'éternel entretien des siècles à venir! »

L'oracle de CALCHAS s'accomplit.

La flotte délivrée fendit l'Hellespont. La guerre de Troie dura dix longues années. Les Grecs, sous la conduite d'Agamemnon, brûlèrent la perfide Ilion, et Priam, le der-

nier roi des Troyens, tomba égorgé par
Pyrrhus, au pied des autels!

Ce pouvoir surnaturel de CALCHAS n'avait
pas été cependant sans éveiller l'envie et
la haine. La haine et l'envie sont des con-
seillers pervers, subtils, audacieux. Ils se
servent de tous les moyens, ils inventent
tout, ils osent tout. Un certain *Mopsus*, plus
savant ou plus adroit que son rival, réussit
peu à peu à discréditer CALCHAS ; il le sur-
passa dans son art.

Par une de ces instabilités si communes
aux mortels, on vit alors accourir à ses autels préférés tous les anciens sectaires de
CALCHAS, et bientôt ce dernier, consumé
de chagrins et de honte, n'eut plus qu'à
mourir.

II.

Toutefois cette célèbre dynastie des
CALCHAS, si souverainement commencée, ne
devait point ainsi s'éteindre et disparaître
de la terre. Les rejetons des dynasties tom-
bées poussent avec une vigueur que le temps
lui-même ne saurait atteindre. — Doués de
cette sève qui jamais ne s'épuise, ils de-
meurent éternels dans le cœur comme dans
la croyance des fidèles. C'est ainsi que
d'âge en âge, sous les formes les plus di-
verses, mais les plus réelles, s'est perpé-

tuée dans nos existences, dans nos mondes, dans nos goûts, dans nos passions, nos amitiés ou nos amours, la dynastie de ceux qui, nouveaux CALCHAS, sont demeurés nos maîtres, — la dynastie de ceux qui partout et toujours, se substituant à notre propre volonté, sont restés nos *oracles*, nos oracles consultés, aimés, adorés, obéis.

Chacun a son oracle. — Semblable à celui de Delphes, l *oracle*, de nos jours, exerce incessamment sur nous, malgré nous, son empire incontesté, absolu. Il n'est rien qu'on puisse penser, projeter, essayer, faire sans lui. Ses arrêts sur les choses les plus futiles et les plus graves de la vie sont des arrêts souverains. On le craint, on l'encense, on le croit, et, si croire est, sur cette terre, la moitié du bonheur; tous ses croyants sont des heureux!

Ce qui suit n'est que la vraie et sincère histoire de l'*oracle* qui, durant toute la vie de deux de ses adorateurs, n'a cessé d'être le suprême arbitre de leur destinée, destinée dont le fil devait être tranché par la plus douloureuse aventure, par le plus fol amour !

Si le roman s'invente, l'histoire ne s'invente point ; elle se raconte.

Scribitur ad narrandum.

JE RACONTE.

1.

III.

Vers la fin de 1859, deux jeunes gens faisaient à Paris leur entrée dans le monde. Élevés ensemble, ils avaient le même âge, vingt ans, et cette vingtième année leur donnait à chacun le charme qui déjà les distinguait. — La jeunesse, lorsqu'on est un homme de goûts délicats, a l'une de ces bonnes odeurs qu'exhalent seules les fleurs écloses aux premiers rayons du jour. Alors tout est frais, odorant et charmant. On a le

désir de plaire, — du désir à la réalité, il
n'est qu'un pas.

Paris, le monde de Paris, offre alors à cette
jeunesse une foule de mondes différents,
différents dans leurs origines, leurs goûts,
leurs traditions. Le choix à faire est souvent difficile ou dangereux. Pour nos deux
jeunes gens, il ne pouvait être incertain.
Descendant tous les deux de familles dans
lesquelles le culte de la bonne compagnie,
le culte du beau monde étaient une tradition, ils y entrèrent le premier jour, comme
on entre dans sa propre famille; — dès le
premier jour, ils y furent des enfants gâtés.

M. de Reuilly, le premier, était un grand
jeune homme, brun, aux lignes accusées, de
taille élégante et souple, — plutôt agréable
que joli garçon; il plaisait.

Il avait le regard clair et profond, sou-

vent presque triste, mélancolique. Sa bouche était fine, son sourire rare et discret,
et, à travers la sorte de froideur assez im-
posante qui régnait dans toute sa personne,
on pouvait facilement deviner que cette
nature était, comme toutes les bonnes natures, faible, facile à impressionner, à toucher, peut-être à entraîner; — en un mot,
que sous cette enveloppe un peu froide il
y avait *un cœur*.

L'esprit de M. de Reuilly était en parfaite harmonie avec son extérieur. Cet esprit était fin, sérieux sur toutes les choses
qui doivent être sérieuses; mais, dès qu'un
sentiment, un sentiment tendre, disait à ce
jeune cœur ses premières paroles, alors on
voyait dans toute la personne de M. de
Reuilly, dans son air, dans son regard,
comme se métamorphoser cette nature

tout à l'heure si positive et si froide. —
C'était la première impression du sentiment
qui bientôt devait faire de cet homme, aux
dehors si glacés et parfois si durs, l'esclave le plus soumis, le plus passionné,
le plus aveugle, le plus coupable, de son
trop faible cœur.

Les premières années de cette jeunesse
se passèrent, comme les nôtres, dans la
famille et le monde où nous avons tous
connu M. de Reuilly. — Là, il était guidé,
veillé, adoré par la meilleure des mères,
Mme de Reuilly, veuve depuis longtemps
du mari qu'elle avait tendrement aimé.
M. de Reuilly, ancien et bel officier de cavalerie, lui avait été enlevé inopinément
par un malheureux accident de chasse.

Le jeune M. de Reuilly était son seul
enfant. On laisse à penser de quelle solli-

citude, de quels soins avait été entourée
sa première éducation. On devine également avec quel amour le regard maternel
veillait sur celui qui entrait dans le beau
monde de Paris, sous d'aussi favorables
auspices.

IV.

Les débuts de M. de Reuilly avaient été
ceux d'un jeune homme plus sérieux peut-
être que son âge. Chaque soir on le rencontrait partout, dans tous les salons, dans
toutes les soirées ; il y faisait ce que fait un
jeune homme, mais il n'y était cependant
ni un danseur ni un cotillonneur émérite. —
Du club, il ne prenait que ce que certaines
heures de la journée lui permettaient de
prendre, et ainsi de toutes choses ; — en

un mot, déjà à vingt-cinq ans, il était presque un homme.

Toutefois, à cet âge, lorsqu'on a quelque valeur, on a bientôt senti que de longues journées inoccupées ne sont point une vie, qu'il manque quelque chose, et bientôt, en effet, il sembla à M. de Reuilly qu'une carrière serait pour lui une recommandation, presque une distinction.

Il est une carrière qui, aux jeunes gens distingués, offre un grand attrait: la diplomatie.

Pouvoir, après un léger stage, aller auprès d'une cour étrangère représenter quelque chose de la France, vivre au milieu de la première société de ce pays, au milieu de l'élite des aristocraties de ce pays, y former des relations flatteuses et charmantes, est chose d'un grand prix.

M. de Reuilly, après avoir été plusieurs années attaché au ministère des affaires étrangères, après y avoir donné assez promptement la mesure de sa capacité; celle d'un esprit droit, fin, secret, fécond, reçut donc une destination. La cour de Madrid fut celle auprès de laquelle il fut envoyé, comme attaché à l'ambassade française.

M. de Reuilly demeura dans ce poste environ cinq ans. Il y vit de grandes et tristes choses, il y fut témoin du renversement de la dynastie des Bourbons; et il atteignait presque sa trentième année, lorsqu'un événement qu'il avait caressé de toute sa passion vint enchaîner sa vie.

Pour bien saisir et bien comprendre de quelles perplexités, de quelles anxiétés fut tout d'abord saisi M. de Reuilly, à propos de cette subite passion, il faut bien dire, en quelques mots, combien peu, dans tous les premiers pas de cette jeune existence, il s'était senti libre.

M. de Reuilly, dès les bancs de l'école, y avait contracté une de ces liaisons, une de ces amitiés qui ne devait finir qu'avec lui : — M. de Simors était cet ami.

V.

M. de Simors était un jeune homme blond, agréable et poli, à la physionomie douce, au sourire éternel, sans cesse occupé à plaire à tous et à toutes, mais sous ce masque trompeur sachant cacher la volonté la plus entière, la résolution la plus ferme. Dans toutes ses opinions, ses appréciations, ses idées, ses conseils ; ses arrêts étaient souverains ; M. de Simors, en un mot, était celui qui avait pris sur son ami, M. de Reuilly, une telle puissance en toutes choses, que déjà il était facile d'apercevoir que ce serait *lui*, M. de Simors, qui régnerait en maître absolu, sur cette destinée ; — que ce serait *lui*, M. de Simors, nouveau CALCHAS, qui serait l'*oracle*, sans cesse et sur toutes choses, consulté, imploré, obéi, comme on obéit à quelque chose de supérieur et d'irrésistible.

Telle était donc, entre ces deux amis, la situation, lorsque M. de Simors, qui n'avait cessé d'être un seul jour en correspondance avec M. de Reuilly, qui n'avait cessé de lui être, dans son poste, dans sa carrière, dans ses relations, dans ses amitiés, un guide et un maître, reçut de lui une lettre étrange, énigmatique, pressée, une lettre qui l'appelait immédiatement à Madrid. « *Arrivez* », lui disait cette lettre.

Qu'était-il advenu à M. de Reuilly ?

Était-il menacé dans sa position, dans ses relations? Avait-il commis quelque faute? L'honneur, le cœur étaient-ils engagés? Enfin, pourquoi l'appelait-on si vite? Il y avait là certainement quelque chose que M. de Reuilly avait caché à son ami, quelque chose à avouer ou à désavouer.

M. de Simors n'attendit rien, il se mit immédiatement en route, et le lendemain matin il était rue Alcala, dans le petit salon de son ami, prêt à apprendre le grand secret, peut-être la grande faute.

VI.

Pour ceux qui savent voir et observer, les deux amis en présence offraient un spectacle singulier. Les yeux dans les yeux, le cœur près du cœur, l'oreille ouverte, l'entretien commença.

Il y avait là, dès les premiers mots, deux natures, deux sentiments, deux volontés qui allaient peut-être, qui allaient sûrement se combattre. Lequel des deux devait dicter sa loi? On va le voir.

Après un long, trop long préambule sur la société de Madrid; après une foule de tours et de détours plus maladroits, plus incohérents les uns que les autres; après une foule de détails dans lesquels on appercevait déjà l'espèce de trouble, d'émotion, de soumission, de crainte surtout, éprouvés par M. de Reuilly, vis-à-vis de celui qui devait être son juge; le coupable prononça le mot fatal... Il *aimait!*

Il aimait! mais qui? Était-ce une de ces liaisons fortuites qui ne durent que ce que durent les choses de hasard ou de fantaisie? La personne aimée appartenait-elle à une situation connue? Était-ce une personne de théâtre, une grande ou une petite actrice? Était-ce plus? était-ce moins? Était-ce une personne d'un monde qu'on ne voyait pas? Était-ce une personne de la société? Comment cette liaison s'était-elle formée? Quelles en avaient été les premiè-

res heures, les phases, les épreuves? Quels
en étaient les résultats? Quel était, en un mot,
cet amour? Toutes questions que déjà, et en
tremblant, s'adressait à lui-même M. de
Simors, attendant de son ami le grand aveu!

Le voici.

Dans toutes les soirées, les bals, dans
tous les théâtres, toutes les loges, dans
toutes les promenades, dans toutes les parties de campagne, M. de Reuilly avait rencontré une jeune personne des charmes de
laquelle il ne s'était point d'abord assez
défendu, aux charmes de laquelle il avait
bientôt succombé.

Se défendre de l'amour, à son âge, est
chose difficile. L'amour naît sans que nul
sache quand et comment. — A son heure, à
sa minute, il frappe à la porte, toujours ouverte, que l'on sait, entre timidement d'a-

bord, parle tout bas une langue que lui
seul connaît; puis bientôt, de cet asile secret et charmant, il reste le maître adoré!

Mademoiselle de Miranda était celle qui
avait, sans le savoir, sans le vouloir peut-
être, inspiré ce tendre et amoureux sentiment.

Mademoiselle de Miranda avait dix-sept
ans à peine. Comme toutes les Espagnoles,
elle avait cette beauté qui a un charme et une
couleur propres : — de grands yeux noirs
bien spirituels et bien profonds, — une
bouche fine et souriante, petite à faire deux
bouchées d'une cerise, — des lèvres roses,
— des dents de nacre, — des cheveux
noirs admirables tombant jusqu'à terre, et
un amour de pied, un pied si petit qu'on
l'eût à peine soupçonné dans sa fine bottine;
— d'ailleurs, grand air, grande démarche,

2

grande allure dans sa taille souple et facile ;
tel était l'extérieur.

Son esprit était fin, ses reparties promptes, sa conversation, comme son air, comme
son regard, animés, colorés, étincelants;
bref, son charme était celui de toutes les
personnes de cette nation privilégiée, charme
secret et instantané, qui, dès le premier regard ou la première parole, dicte sa loi et
décide du sort de celui qui déjà s'avoue
conquis !

Mademoiselle de Miranda était la fille
d'un général fameux, grand d'Espagne,
allié à tout ce que la cour et la noblesse
castillane comptaient de plus ancien, de
plus riche et de plus recommandé. Elle
était sa fille unique et adorée.

C'est de cette charmante personne que
M. de Reuilly était épris, épris comme on

l'est quand on aime ; c'est d'elle qu'il voulait obtenir la main, comme c'était aussi et principalement de M. de Simors qu'il avait à obtenir le consentement : — car, déjà on l'a aperçu, sans M. de Simors, sans cet *oracle* et ce maître suprême ; il ne pouvait rien oser, rien essayer, rien demander. M. de Simors était une condition de sa propre volonté, de sa vie, une condition nécessaire, formelle de son bonheur.

La mère de M. de Reuilly devait bien être aussi consultée (on ne se passe jamais de l'avis d'une mère), mais, en fils chéri, M. de Reuilly était assuré d'avance de ce consentement. Celui de M. de Simors, plus difficile, plus important, plus absolu, était celui qu'il fallait, à tout prix, amener d'abord, obtenir ensuite.

Là était la difficulté.

VII.

M. de Simors, aux apparences si douces, au sourire perpétuel, aux formes si simples et si conciliantes, cachait sous ce masque la pénétration la plus fine. Habitué depuis toujours à être dans l'esprit de son ami le maître suprême, il demanda d'abord à étudier cette proposition. L'amour souvent s'égare, il est aveugle, il voit les personnes et les choses autrement qu'elles ne sont; M. de Simors avait là toute une étude à faire, avant de rien décider.

Il lui fallait connaître la jeune personne, sa famille, savoir comment elle était; puis il se méfiait, avec quelque raison peut-être, du laisser-aller si familier aux jeunes Espagnoles; — il se méfiait, non sans quelque raison, des habitudes de liberté d'allures, de conversation, de dépenses habituelles à ce charmant pays. Dès la première ouverture, il se montra donc plus que réservé sur le conseil qu'on lui demandait, et il décida que sa réponse serait remise à quelques jours; ceux qui lui seraient nécessaires pour étudier les lieux, les êtres et les personnes : — étude difficile s'il en est.

On a compris d'avance de quel trouble, de quelle terreur profonde fut saisi le pauvre M. de Reuilly, qui eût voulu, dès le lendemain même, pouvoir déclarer sa

2.

flamme, faire sa demande et fixer avec celle
que déjà il appelait secrètement sa fiancée
le jour du bonheur. Mais il devait céder
à son ami, il céda. — M. de Simors, intro-
duit dans la famille et la société de mademoiselle de Miranda, y apporta, comme
partout, son air doux et souriant, duquel
nul ne se serait méfié. C'est à l'aide de
ce masque, très habilement porté, qu'il
devait juger et imposer son arrêt.

Les premières impressions ne furent point
favorables. Pour un Français accoutumé aux
manières réservées de nos jeunes filles, à
leur tenue discrète dans le monde, à leur
peu de liberté de conversation, d'air et d'allures, il lui sembla que mademoiselle de Miranda, avec ses dix-sept ans, était ce qu'on
appelle en français (sans trop se rendre
compte de la portée du mot) un peu *avancée*.

Il la vit au bal, au spectacle, au retiro, en voiture, à cheval, toujours si gaie, si bruyante, si remuante, si libre de paroles, d'éventail, de regards, de rires et de sourires ; que, dès les premiers jours, il se demanda, non sans quelque raison, comment deux semblables natures, deux semblables caractères pourraient jamais aller ensemble. D'un côté, le mouvement, le rire, l'insouciance et la légèreté de la jeune personne ; de l'autre, la nature ardente, sérieuse, mais faible, de M. de Reuilly. D'un côté, une ignorance absolue de toutes les conditions de notre société française ; de l'autre, les exigences absolues d'une situation officielle, diplomatique ; — tout cela lui parut d'abord incompatible, impossible ; — ce fut la première impression.

M. de Simors n'en dit pas un mot à son

ami; il demeura impénétrable, froid comme
le marbre.

L'amoureux avait beau interroger du
regard son terrible juge, interroger d'un
mot, d'une allusion grosse comme une montagne, son insondable maître; il avait beau
lui demander, par tous les moyens, cet
arrêt suprême d'où dépendait, se disait-il,
le bonheur de sa vie : rien n'y faisait. Les
jours succédaient aux jours, les nuits aux
nuits, tout se succédait; lorsque cependant,
un soir, à bout de forces, hâve, épuisé, le
pauvre amoureux se jeta dans les bras de
M. de Simors et le conjura de répondre
enfin.

VIII.

M. de Simors, fort sagement, déroula
alors, devant les anxiétés de son ami, tous
les risques, tous les inconvénients d'une
semblable union.

Épouser une étrangère, quelque bien
qu'elle fût, c'était une grave affaire. N'avoir
pour nouvelle famille que celle qui habitait
Madrid de père en fils, c'était une sorte
de *frontière* à bien des rapports, des dou-
ceurs, des agréments qu'on eût bien mieux
trouvés dans sa patrie, chez soi, au milieu

de ceux et celles qu'on avait toujours con-
nus; au milieu de ceux et celles qu'on était
appelé à voir et à aimer toute sa vie. — Et,
puis, était-on sûr que, le cas échéant, ce
changement de pays, de mœurs, de socié-
tés, d'habitudes, serait du goût d'une
jeune fille accoutumée à de tout autres
traditions, usages et façons d'être? En
Espagne, on est, avant toutes choses,
Espagnol. Nul n'est plus absolu, plus na-
tional, plus amoureux de son pays, de son
Madrid, de son Prado, que le Castillan. —
Transplantée en terre étrangère, sans son
soleil, sans sa terre chaude et féconde, cette
plante s'étiole bientôt et meurt loin de la
brise qui ne la caresse plus.

Tout cela et bien d'autres choses encore
étaient à considérer, à peser, à mettre dans
un des plateaux de la balance.

Mais aussi, à côté de toutes ces appré-
hensions, de ces sévérités, à côté de toutes
ces sagesses, il y avait à mettre dans l'autre
plateau de la balance ce qui, dans tous
les pays, dans toutes les langues, dans
tous les cœurs, donne le bonheur, le seul
vrai.

En cette situation, comme au fond, et des
deux côtés, tout était honorable et sincère;
comme le serment que les deux amoureux
s'étaient déjà probablement donné n'était
qu'un serment des plus légitimes; M. de
Simors, toutes réserves faites, ne put, de
son côté, que donner son consentement.

Vaincu sans être convaincu, ce fut lui
qui le premier, serrant la main de son ami,
lui dit alors : « *Aime-la donc bien, et tâche
d'être raisonnable pour deux!* » Souhait qui
devait avoir une fin si étrange.

Le soir même de ce décisif entretien,
M. de Reuilly, tout à l'heure pâle, sombre,
épuisé, était redevenu le plus étincelant, le
plus heureux des amoureux. Comme la
lumière qui reparaît tout à coup après un
noir orage, ses yeux brillaient, sa bouche
souriait, et, ivre de cette ivresse de bonheur qui ne se connaît peut-être qu'une
fois dans la vie, il courait chez celle que
déjà, dès la première heure, dès le premier
regard, dès le premier sourire, il avait
nommée sa fiancée, presque sa femme, et
il lui annonçait, en lui passant au doigt
une petite bague, que sous peu de jours
(le temps d'une lettre) sa mère écrirait à
la sienne pour lui demander la gentille main
de sa petite femme adorée.

Les deux amoureux attendirent cette
lettre avec le calme d'un sûr bonheur.

Quant à M. de Simors, fier de son triomphe, de son succès, du poids de son arrêt; destiné désormais sans doute à être dans ce nouveau ménage, ce qu'il avait été auparavant— le CALCHAS et l'*oracle,* — sans qui rien ne serait ni pensé ni fait; il repartit pour Paris, devant ramener bientôt à Madrid la mère de son ami pour la célébration du mariage de son fils chéri.

Dans cette première et décisive épreuve, le règne de CALCHAS II avait commencé. Les rois, lorsque dès le premier jour ils imposent ainsi leur volonté, sont des rois absolus.

IX.

Le mariage de M. de Reuilly se célébra
à Madrid, avec toutes les pompes usitées
en pareil jour et en pareil pays. — En
Espagne, un mariage est une fête, la fête
de deux cœurs, de deux amours réunis et
bénis au pied des autels. C'est la fête de
tous les parents, de tous les amis, de toutes
les amies de la mariée. On s'y prépare dès
longtemps à l'avance; c'est un déluge
de toilettes, de dentelles, de bonheur; tout
le monde de près ou de loin, les jeunes et

les vieux serviteurs, — la vieille nourrice ; tous veulent en être.

Le grand jour arrivé, on va à l'église en grande pompe. La famille de M. de Miranda était alliée à tout ce qu'il y a de plus considérable et de plus grand, tous ses amis tenaient dans la première société le premier rang. Ce fut un luxe, un éclat de carrosses, de livrées, de chevaux caparaçonnés ; — un luxe de plumes, de fleurs, de souriants et frais visages, tel qu'on en avait rarement vu. — La corbeille de la mariée, les perles, les diamants avaient été rapportés de Paris par CALCHAS.

L'entrée du jeune et heureux couple fut touchante de grâce et d'amour. On sentait que là, dans ces deux cœurs, comme dans toute cette foule empressée, régnait un même sentiment ; c'était presque le mariage de tout le monde. Madame de Reuillly était au pied de l'autel près de son fils bien-aimé; — l'ambassadeur de France, en grand uniforme, et M. de Simors étaient ses témoins, — toute l'ambassade française assistait son heureux ami.

L'archevêque de Tolède, patriarche des Indes, était à l'autel; il bénit les deux époux, et à cette bénédiction donnée d'un air de confiance et d'onction qui eut dû leur porter bonheur, bien des larmes coulèrent.

Le soir, dans un de ces vastes et vieux palais de la capitale des Espagnes, sous les yeux des glorieux ancêtres de cette noble maison dont les portraits émaillaient tous les murs et semblaient partager ce bonheur; une grande soirée réunissait tous ceux qui félicitaient l'heureux couple.

Circonstance importante et douce à

ajouter : la jeune madame de Reuilly avait
trouvé dans sa corbeille, pour cadeau de
noces, celui qui devait lui être le plus
agréable : la nomination de son mari au poste
de second secrétaire de l'ambassade de
France, à Madrid même. — Il demeurait
ainsi au milieu de sa nouvelle famille, auprès
de celle qu'il ne devait plus quitter, au milieu de ceux et celles auxquels il allait fière-
ment montrer son bonheur.

Le bonheur a des mobilités et des secrets
que connaissent seuls ceux qui aiment.
Chacun aime et se sent aimer à sa manière,
suivant sa nature, ses instincts, ses goûts.
Tout est instable et différent et personnel
dans le tendre et secret sentiment qui
s'appelle l'amour : — l'amour, à son heure,
change et transforme à son gré tous ceux qu'il
a frappés de son trait. C'est ce qui arriva.

On se rappelle le caractère enjoué, fri-
vole, bruyant, léger comme la plume de
l'oiseau, de mademoiselle de Miranda ; on se
rappelle ces rires, ces joies, ces folles gaie-
tés de jeune fille ; — tout cela, en un jour,
en une heure, en un moment, s'était évanoui,
évanoui devant le sentiment souverain et
nouveau qui l'avait saisie, charmée, absor-
bée tout entière !

Dès ce jour, dès cette heure tendre et
charmante, plus de rires ; plus de joies :
sérieuse, mélancolique, elle avait presque
cessé de parler, — elle aimait !

Telle, la secrète et adorable métamor-
phose de l'amour !

Rien donc ne semblait pouvoir troubler,
même un jour, le ciel bleu des deux amoureux, lorsque un gros événement vint jeter
tout à coup un nuage dans cet azur.

X.

Un événement, tel que nul n'eût jamais
pu le prévoir, était tout à coup survenu.
Une guerre inopinée, inattendue avait été
déclarée entre deux grands États, des désas-
tres sans nom avaient frappé la pauvre
France, tout avait croulé sous les débris du
trône impérial ; — M. de Reuilly, étranger
à ces destinées nouvelles, avait été rappelé,
— il avait dû regagner la France.

En une semblable situation, pour la jeune
madame de Reuilly, rester à Madrid, au

milieu des siens, ne fut même point la pensée
d'une minute. Suivre son mari où son mari
allait, rentrer avec son mari dans sa nouvelle
patrie en deuil, tel fut le premier mouvement de son esprit et de son cœur. CALCHAS,
qui déjà depuis quelque temps avait ramené
la mère de M. de Reuilly à Paris, n'avait pas
même eu l'idée d'écrire un mot à ce sujet,
on ne l'eût point attendu, et, quelques jours
après la terrible nouvelle, nos deux époux
arrivaient auprès de leur mère, anxieuse,
désolée, mais dejà rassurée par l'arrivée
des deux êtres qu'elle aimait le plus au
monde, de ses deux enfants.

Au premier aspect de la catastrophe qui
menaçait la patrie, CALCHAS et son ami
s'étaient entendus d'un regard.

Sans se parler, sans se dire un mot, ils
s'étaient dit où était leur devoir, et le lende-

main, M. de Reuilly annonçait, expliquait à sa femme et à sa mère, qu'en présence des événements, de la marche de l'ennemi, des dangers qui allaient surgir de partout, elles devaient se hâter de quitter Paris et gagner le château de la famille, situé en Bourgogne, à quelques lieues de Dijon.

Vainement la jeune épouse pria, supplia, vainement elle s'offrit à tout partager avec son mari; un autre devoir était tracé à l'honneur. L'ennemi avançait, Paris allait être bloqué; nos deux malheureuses femmes, la mère et la fille, partirent donc et bientôt arrivèrent en Bourgogne.

Quelques jours après, les deux amis, engagés dans le même bataillon, avaient revêtu l'uniforme des francs-tireurs et marchaient à l'ennemi.

3.

XI.

Le siège de Paris, on se le rappelle, dura longtemps, les chances heureuses et malheureuses s'y succédèrent; bien du sang fut versé, et le soir, sous la tente, au feu du bivouac, nos deux soldats échangèrent plus que souvent leurs tristes pensées, leurs tristes confidences sur ce que l'on devine.

Aucune lettre, aucune nouvelle possible, — quelques rares pigeons qui s'abattaient sur le camp, haletants, presque morts, — sous leur aile, un papier roulé, un petit pa-

quet, des lettres qui venaient, hélas ! de Bel-
gique ou de tout autre pays ; rien de la
France, rien de Bourgogne surtout, rien du
pays où l'on cachait ce qu'on avait de plus
cher après l'honneur ; — après l'honneur, qui
venait ainsi contre-balancer le sentiment le
plus puissant cependant qui soit au monde.

Le siège, qui fut long, laborieux, pénible,
ouvrit le cœur à toutes les espérances,
comme à toutes les désillusions, comme à
tous les secrets désespoirs !

Vingt fois, on essaya de franchir ce cercle infernal de fer et de feu, qui, chaque
jour, allait se resserrant, menaçant jusqu'aux portes mêmes du pauvre Paris. —
Vingt fois, on arriva à la première ligne des
retranchements ennemis, repoussé ! — Vingt
fois on parvint à les franchir, repoussé ! —
Vingt fois, toutes les ruses, tous les strata-

gèmes, toutes les audaces de la guerre essayèrent de briser ce terrible cercle; à
chaque fois, à chaque tentative, des cen-
taines de morts restaient sur cette terre
désolée.

Un moment, un jour, on se prit à espérer. Un ballon venant de bien loin était
tombé dans Paris. Il contenait une foule
de lettres, d'avis, de conseils, de renseignements, d'espoirs. On y disait que si
l'armée de Paris réussissait enfin à trouer
cette néfaste ligne à certain jour, à certaine
heure, dans certain endroit indiqué; l'armée du dehors arrivant de son côté, on
pouvait tout espérer.

Une grande résolution devait alors être
prise, elle le fut.

Une sortie, comme jamais on n'en avait
faite, la sortie de Champigny, fut arrêtée;

dix mille hommes y furent destinés, un général des plus avisés et des plus braves les commandait.

Le bataillon des francs-tireurs, dans lequel servaient MM. de Reuilly et de Simors, formait l'avant-garde. A trois heures du matin, par un jour d'hiver, on se mit en marche. — La nuit était noire ; la neige, qui depuis quelques jours n'avait cessé de tomber, avait laissé sur cette terre durcie comme un vaste et blanc linceul. — Le silence était complet, rien nulle part que le pas cadencé des soldats, pas une parole, pas un souffle, pas un bruit quelconque dans cette nature qui semblait comme morte ; — lorsque tout à coup, derrière un tertre, en apparence abandonné, une horrible fusillade crépite et détone. — On avance, on y répond, et bientôt on se trouve face à face avec une armée tout entière ! — La mêlée est terrible ; l'air, tout à l'heure muet et morne, est percé, criblé, troué de balles, de cris de fureur ! C'est un carnage. Le premier en tête du bataillon, M. de Reuilly est tombé. Son ami le ramasse, on le met sur deux fusils en croix, et on le rapporte sur les derrières, dans une ferme ; une ambulance y était établie. M. de Reuilly avait le bras gauche cassé et une balle dans le côté ; on extrait la balle, on lui pose sur le bras le premier appareil. — Lorsqu'il a repris connaissance, sa première question est celle de savoir à qui est restée la victoire. L'air triste et anxieux du chirurgien lui a répondu ! la victoire, cette fois encore, était à l'ennemi. On souffre plus encore de ces blessures que de celles de son corps. — M. de Reuilly baissa tristement la tête.

La bataille perdue et la division rentrée dans Paris avec des pertes énormes, les blessés furent aussitôt emmenés et dirigés sur les différentes ambulances qui avaient été établies dans toute la grande ville.

M. de Reuilly fut amené à celle du Théâtre-Français.

XII.

Le Théâtre - Français avait converti sa salle en un vaste hôpital.

C'était l'une des ambulances les plus recherchées comme les mieux servies de tout Paris par ceux et celles qui la desservaient. Là, une centaine de blessés, au plus, recevaient les soins empressés de la science et du dévouement. Rangés sur le plancher qu'on avait établi au niveau de la scène, les lits de fer garnis de rideaux blancs contenaient chacun un blessé. Au

milieu de cette salle, une sorte de labora-
toire dans lequel étaient tous les remèdes ;
— à chaque minute et de partout, des masses
de linge, de charpie, de sirops, de vins
fins apportés pour les pauvres blessés. —
Jour et nuit, les chirurgiens à leur poste
de combat et de misères ; — à côté, d'autres
médecins, des aumôniers ; toujours prêts au
premier appel des souffrants, — à chaque
instant un nouveau blessé, puis parfois
un cri, cri lamentable, annonçant quelque
cruelle opération ; — partout enfin la douleur !

Les infirmières qui s'étaient improvisées
dans l'ambulance du Théâtre-Français, de
moitié avec les sœurs de charité, étaient
les actrices mêmes de ce grand théâtre. Sur
cette grande scène elles avaient dit, hier
encore, en une langue immortelle, toutes

les douleurs, toutes les passions dont un cœur de femme est tour à tour inspiré ou blessé; elles ne pouvaient être étrangères aux douleurs de la patrie; — elles recevaient les nobles victimes de l'honneur comme des sœurs, elles étaient de la famille.

L'infirmière qui donnait ses soins à M. de Reuilly était l'une des premières actrices de ce théâtre; nous ne pouvons la nommer, nous l'appellerons *Sarah.*

Mademoiselle Sarah était et est encore une personne d'air et de tournure à elle. Blonde, élancée, souple comme un frêle roseau; sa grâce était au premier abord comme un attrait. On a dit que la femme brune était une *menace,* et la femme blonde une *caresse;* mademoiselle Sarah avait dans le regard cette douce caresse, comme elle avait dans tout son air, triste et mélancoli-

que, la trace de quelque grande souffrance.
Cette jeune femme devait avoir souffert,
devait avoir aimé !

C'est à elle que fut confié M. de Reuilly.
à elle que M. de Simors, obligé de regagner aussitôt son poste de combat, le re-
commanda, comme on recommande un
ami — par une simple parole.

Les soins à donner à un blessé ne con-
sistent pas seulement dans ce qui regarde
le corps, dans les détails de toute heure
et de toute minute qui aident à la guérison :
sans doute il n'est qu'une main qui sache
soulever le membre brisé, panser la plaie,
donner la tasse de bouillon ; mais il est
aussi, dans l'esprit et l'âme du malade,
bien des douleurs, des tristesses, des abat-
tements, des solitudes qu'il faut essayer de
calmer, de distraire, de consoler. C'est

toute une science et une science que pos-
sède seule la femme.

M. de Reuilly, dans le long et triste iso-
lement de toutes choses et de toutes personnes, lui, qui n'avait à Paris pour unique
connaissance que son ami, presque toujours
absent, avait besoin, plus que nul autre,
de ces soins qui rassurent et consolent
le malade ou le blessé.

Sans cesse aux mains de sa jolie infirmière, il avait bientôt senti, on ne saurait
dire, quelle douce et mystérieuse confiance
dans celle qui ne le quittait presque ni
jour ni nuit. Les heures d'hôpital sont de
longues heures : — pour les abréger, pour
calmer ses ennuis, M. de Reuilly crut ne
pouvoir mieux faire que de conter à celle qui
déjà était devenue son amie, l'histoire tout
entière de son mariage, de son roman. Ra-

conter le passé, c'est presque du présent,
c'est presque faire revivre, ne fût-ce qu'une
heure, une minute, toutes les joies, toutes
les douleurs, toutes les épreuves par lesquelles a passé notre pauvre cœur, presque
faire revivre l'heureux temps où l'on était
si malheureux !

La bouche presque collée contre l'oreille
de sa confidente, ému, tremblant, tout bas
M. de Reuilly commença donc à lui conter,
depuis la première jusqu'à la dernière page,
ce roman de sa jeunesse et de son bonheur.

Comment il avait aimé mademoiselle de
Miranda, — comment ils s'étaient presque
fiancés eux-mêmes, — comment ils avaient
échangé le premier serment, — comment,
lui, il avait dû, sans savoir encore pourquoi,
subir l'étrange empire de son ami, et attendre
son arrêt suprême avant de faire sa demande,

— par quelles anxiétés il avait dû passer
avant d'avoir obtenu ce consentement, — ses
joies, lorsqu'il avait conduit à l'autel celle
qu'il aimait, — puis, enfin, puisque sur
cette terre le bonheur ne peut durer, comment, rappelé à Paris, éloigné de sa femme,
engagé dans l'armée, il avait été blessé et
amené dans cette ambulance où il était auprès de celle qui l'écoutait; telle fut la
douce et triste histoire murmurée à l'oreille
de son infirmière.

A ce récit, qui apprenait à Sarah ce
qu'elle n'eût jamais soupçonné, ce que déjà
peut-être elle n'eût jamais voulu savoir,
un certain trouble s'empara d'elle; et M. de
Reuilly vit dans ses yeux, dans son air, dans
sa paleur subite, comme un nuage qui passait et laissait sur ce charmant visage une de
ces ombres qui descendent jusqu'au cœur.

A ce récit, en effet, à cette simple et brûlante histoire des amours de M. de Reuilly, Sarah s'était sentie comme interdite et frappée. Le contraste entre la joie pure d'un amour couronné et toutes les phases par lesquelles passe, hélas! une femme de théâtre; — le contraste entre les joies qui durent et celles qui s'envolent; — entre les vérités de l'amour et ses mensonges; — entre les indignes et celui qu'elle eût été peut-être si fière et si heureuse de trouver sur la route égarée de son pauvre cœur; — ce contraste l'attendrit jusqu'au fond de l'âme; — M. de Reuilly s'en aperçut, ne voulut, dès l'abord, rien penser, rien supposer; mais déjà on aurait pu deviner quel était celui des deux dont la blessure devait être la plus profonde.

Dès ce moment donc la confiance entre

les deux blessés sembla changer de nature, les secrets, grands et petits, semblèrent devenir chaque jour plus étroits, les confidences plus longues ; dès ce moment on ne se quittait plus ni de la parole ni du regard ; dès ce moment les heures s'écoulèrent entre les deux malades comme s'écoulent les heures heureuses.

Ce fut alors qu'à son tour notre jolie infirmière, pour distraire, toucher peut-être son cher blessé, essaya de lui raconter, elle aussi, sa vie, sa pauvre vie ; — la vie d'une femme de théâtre, — cette vie si mêlée de toutes choses.

XIII.

Sarah était la fille d'un honnête commer-
çant de Paris. Veuf de bonne heure, son
père n'avait pu donner les soins nécessaires
à son éducation ; on l'avait alors mise dans
un pensionnat de jeunes filles à la campagne,
près d'Auteuil. Là, elle avait été comme
abandonnée. Presque livrée à elle-même,
son éducation la mit bientôt dans une situation morale supérieure à celle de sa
famille.

4

Sarah, en effet, était en peu de temps devenue une personne instruite, distinguée, lisant beaucoup, récitant mieux encore, et comme prédestinée à sentir, à exprimer, mieux que nulle de ses compagnes, les beautés de nos grands maîtres. Corneille et Racine se disputaient son cœur. Les passions, les tendresses de l'amour la touchaient, la pénétraient, l'inspiraient plus particulièrement; peu à peu, cette prédisposition naturelle devint plus qu'un goût, plus qu'une préférence.

Dès lors, la vie habituelle, la prose de la vie, ne put être celle de Sarah; — la poésie, celle qui dore, colore, élève et transfigure tout ce qu'elle touche, fut sa passion. — Dès lors, la scène sur laquelle les poètes ont parlé un langage immortel fut son rêve. — Dès lors, le théâtre, le grand théâtre de

nos maîtres à tous, fut sa seule et noble
ambition.

Elle s'y présenta, sous ses propres auspices, sans autre recommandation qu'elle-
même. Elle dit l'amour, l'honneur, la jalou-
sie, la patrie, comme elle les sentait. Elle
fut aussitôt admise à ses débuts.

La manière simple, mais inspirée, dont
elle raconta à son blessé ses premiers pas
dans les sentiers fleuris de l'art et du succès, était tout un poème : — quelles nuances,
quelles couleurs, quel éclat dans ce jeune
et frais tableau ! — mais aussi, à côté, que
d'ombres quelquefois, que de douleurs et
de tristesses !

Ces tristesses, c'était, disait-elle tout
émue, la vie même de la pauvre actrice.

Dans cette vie, quoi de plus triste, en
effet, que toutes les obligations, toutes les

anxiétés, tous les tourments d'une pauvre
femme enchaînée par ce lien de tous les
soirs, que rien ne peut briser !

Être obligée de dire le soir, à heure fixe,
lorsqu'on a quelque mortel chagrin, les
vers les plus tendres et les plus amoureux
à celui qui ne les écoute même pas ; —
avoir, le matin, perdu quelque être cher, et
le soir, la tête couronnée de fleurs, venir dire
à un public inconnu toutes les joies d'un
amour partagé ; — présider en reine aux
splendeurs d'une fête souveraine, alors que,
dans une petite chambre désolée gît sur
un lit de douleur, une mère ou une sœur
chérie ! Quelles tortures !

Ce n'est pas tout, bien s'en faut. Les
passions du théâtre mènent à d'autres. A
force de parler tous les soirs, en vers har-
monieux et tendres, la langue des amours

des autres, on sent comme le besoin et la vocation de ses propres amours; et Sarah, les larmes aux yeux, racontait alors à son blessé toutes les douleurs de ses premières illusions, de ses remords, de ses retours sur elle-même, toutes les tristesses de ses délaissements.

Si, dans cette vie d'artiste, si trompeuse et si vide, se disait-elle tout bas, elle eût rencontré un cœur qui l'eût comprise, — un cœur, comme elle croyait avoir deviné celui de son cher blessé; comme elle l'eût aimé, adoré !

Telle était l'impression, la pensée secrète qui la traversait, telle était la sorte d'aveu qu'elle faisait à son propre cœur, lorsque, un soir, au milieu d'un long et tendre entretien, les larmes échappèrent de ses yeux, les mots de sa bouche; elle

4.

aimait M. de Reuilly! elle le lui avait dit.

M. de Reuilly, à ce mot, lorsqu'il vit couler les larmes de Sarah, ne put que ressentir un inexprimable trouble! Sarah, depuis plus d'un long mois, avait été, la nuit comme le jour, sa plus douce, sa seule compagne; — Sarah seule l'avait relevé, consolé, seule avait pansé la plaie de son corps et de son esprit; — Sarah seule avait été toute sa vie! — Que se passa-t-il, à ce moment fatal et charmant, dans le cœur de celui que nous savons si ardent, si passionné, mais si faible? Lui seul et Sarah l'ont su. Comme deux avares, ils ont gardé pour eux leur trésor; — comme deux jaloux et deux heureux, ils n'ont jamais dit à personne ce secret, qui perd tout son charme, lorsque, comme le parfum de la rose, il s'est évaporé!

XIV

Toutefois M. de Simors, lorsqu'il venait
visiter son ami, n'avait pas tardé à s'apercevoir, à se douter, à se méfier de quelque
chose. Bien vite, nouveau CALCHAS, il avait
deviné le danger de laisser ainsi plus longtemps ensemble, les yeux dans les yeux,
la main dans la main, deux blessés dont
l'un d'ailleurs, son ami, était presque guéri.
Croyant le danger imminent, il avait donc
résolu d'arracher, s'il était temps encore,
son coupable ami à un amour qui, par-

tagé ou non, eût été le malheur de tous
deux, le malheur surtout (si elle l'eût
soupçonné) de la plus tendre épouse. Il
prit donc immédiatement une résolution
radicale, celle de trancher le fil de cette
étrange et amoureuse aventure.

Le siège de Paris avait pris fin depuis
quelques jours, la Commune avait succédé
à la guerre. Une autre guerre fratricide
s'était déclarée, et les portes de Paris
étaient de nouveau fermées. Toutefois, pour
que les vivres pussent arriver, il y avait
chaque jour une quantité de convois de
chemins de fer qui entraient sous certaines
conditions et avec certaines précautions.
C'est dire que ces wagons et ceux qui y
avaient pris place étaient soumis aux plus
minutieuses et dangereuses visites.

M. de Simors, qui avait avec toutes ces

compagnies de chemins de fer certains rapports, avait obtenu son passage, sa sortie
et sa rentrée. Il n'attendit point une heure,
se jeta dans le premier train qui partait pour
la Bourgogne, et le lendemain, dès l'aube, il
était auprès des deux exilées : madame de
Reuilly mère et la pauvre femme du blessé.

Là, après les avoir rassurées, leur avoir
raconté tout ce qui se pouvait dire sur cette
ambulance où tant de douleurs avaient été
consolées, tant de blessures, celle surtout
de M. de Reuilly, presque guéries ; M. de
Simors, tout de suite, expliqua à la jeune
femme quel était le but de son voyage.
Elle pouvait, si elle le voulait, entrer dans
Paris ; il ne fallait qu'un peu de courage,
de décision. La jeune épouse, séparée depuis un siècle de celui qu'elle aimait, ivre
de joie, fière du danger qu'elle pouvait

courir, était, aux derniers mots, prête à
tout, prête à partir, quoiqu'il arrivât.

Déguisée en homme, en homme d'é-
quipe, un vaste chapeau ombrageant son
pâle visage, on la mit dans le wagon aux
bagages, M. de Simors était dans le wagon
qui touchait, et le convoi partit.

Arrivés aux portes de Paris, la visite fut
plus sévère que les autres jours, les com-
munards avaient été avertis de quelque
secrète conspiration, on visita tous les wagons avec la dernière sévérité; — M. de
Simors passa facilement avec ses cartes;
l'homme d'équipe au grand chapeau ne fut
point remarqué, et, une heure après, ma-.
dame de Reuilly était à l'ambulance, dans
les bras de celui qu'elle adorait.

La première personne qu'elle vit auprès
du lit de son mari fût Sarah! — Les re-

gards des deux femmes furent étranges, —
il y a dans la femme vis-à-vis de sa rivale
une sorte d'intuition qui ne la trompe jamais. M. de Reuilly, embarrassé, presque
confus, s'en aperçut aussitôt, présenta son
infirmière à sa femme, lui dit de combien
de soins il avait été entouré par celle qu'il
appela sa bonne sœur, lui dit tout ce qu'il
lui devait de reconnaissance et d'affection,
et là, entre deux sentiments qui se disputaient peut-être son coupable cœur, il fut
le plus maladroit des hommes. — Les deux
femmes se regardèrent une seconde fois, ce
regard fut aussi étrange que le premier;
toutefois il ne fut qu'un éclair, et madame
de Reuilly, tout entière à son bonheur, au
bonheur de posséder, presque une première fois, celui qu'elle aimait par dessus
tout, ne songea qu'à l'aimer plus encore.

M. de Simors, qui avait tout vu et tout
compris, ne s'arrêta point là. Au bout de
quelques jours, il fit sortir M. de Reuilly
de l'ambulance, et l'installa chez lui, avec
sa jeune femme, en attendant la fin de cette
triste Commune.

Dire comment se fit la séparation de
M. de Reuilly avec Sarah, — dire ce qu'elle
éprouva à voir s'éloigner ainsi celui qu'elle
avait tant aimé, — à le remettre ainsi entre
les bras de celle qui était sa femme et qui
l'adorait; — ce sont choses qui ne s'écrivent
point.

La pauvre Sarah, éperdue, désolée, étouf-
fée par les sanglots qu'elle contenait au
fond de son cœur, vit sortir son blessé,
sans pouvoir lui dire même une parole. Sa
blessure, nous l'avions prévu, était de celles
qui ne guérissent point.

Les deux blessés (car M. de Reuilly, lui
aussi, emportait avec lui sa blessure) se revi-
rent-ils, se retrouvèrent-ils? Là, le secret est
le même; mais bien souvent, lors des grandes
représentations de la Comédie-Française, on
dit que les yeux de Sarah surent découvrir
au fond d'une loge ceux de son ancien ami.
— Alors, à revoir ces traits charmants qu'il
connaissait si bien, — à entendre cette
voix qui, si souvent, avait parlé à son
oreille, — à retrouver dans les déclarations
passionnées de Sarah, dans ses larmes, dans
son amour; — d'autres amours et d'autres
larmes; — M. de Reuilly, muet, confus, ne
retrouvait-il pas la jolie et tendre infirmière de l'ambulance? — Son cœur seul le
savait, et madame de Reuilly, qui ne savait
rien, applaudissait.

O amour! que ne fais-tu pas!

5

XV.

La Commune vaincue et Paris rouvert,
la vie essaya de reprendre son cours. Après
la tempête et dès la première lueur du
jour, on recueille les épaves du navire brisé,
chacun se cherche, s'appelle, se retrouve et
s'embrasse. — Il en est de même dans les
grandes catastrophes; tout n'est point perdu.
A la voix de la patrie, chacun répond;
lorsque l'orage a passé, déjà l'azur a re-
paru.

Nos deux survivants alors, nos deux

jeunes époux, revenus à la vie, pensèrent à
se faire, à se créer chez eux, à Paris, l'installation qui leur manquait depuis leur départ de Madrid. Ils avaient une très grande
fortune, ils pouvaient se faire une situation
de société, de monde, analogue. Ils durent
donc se mettre en quête du lieu où ils
comptaient planter leur tente.

En cette occurrence, la place de CALCHAS
devait être encore la première, car CALCHAS
sait tout et décide tout, — M. de Simors est
l'*oracle* à qui tous doivent, sur toute chose,
confiance d'abord, obéissance ensuite.

Comme partout, à Paris surtout, le choix
à faire du quartier que l'on doit habiter est
chose capitale. Pour chacun, ce choix tient
à ses relations, à ses amitiés, à son monde.

On fit choix, ou, pour mieux dire, CAL-
CHAS fit choix du faubourg Saint-Honoré.

Il y avait là un grand et magnifique hôtel
à vendre, tout décoré, tout peint, tout
doré, royalement distribué; avec sa grande
entrée dans la rue du faubourg, et un
vaste jardin ayant sa sortie sur les Champs-
Élysées; dans ce jardin, des arbres séculaires, des gazons comme du velours, des
fleurs partout; une vraie merveille.

M. de Simors le marchanda longtemps,
hésita, rompit, reprit la négociation et enfin l'acheta pour un chiffre qui dépassait
trois millions. Il fut payé comptant, et, dès
le lendemain, on en commença l'installation.

Le mobilier d'un immense hôtel, d'un
palais; les grands appartements de récep-
tion, les salles de bal, puis les appartements intimes, les boudoirs, les petits salons du thé réservé, puis toute la série des
dépendances, puis les écuries pour une

vingtaine de chevaux, puis les grandes remises, les selleries, etc., etc., tout cela veut
un homme de goût, d'expérience, de savoir.

Or, ni M. ni madame de Reuilly n'é-
taient capables d'une semblable décision,
non pas qu'ils manquassent d'un certain
goût; mais ils avaient tous les deux beaucoup plus vécu à l'étranger qu'en France;
nos modes, nos coutumes, nos simpli-
cités et nos splendeurs leur étaient presque inconnues; il leur fallait donc quelque autre délicat, qui choisît tout, décidât
tout, arrêtât tout, — ce fut nécessairement
. CALCHAS.

M. de Simors était, il faut le dire, un
homme fait exprès. Mieux que personne, il
connaissait les exigences et les devoirs de la
grande vie; — il avait, par son habitude et
par son expérience du haut monde de Pa-

ris, la sagacité nécessaire à ce qu'on appelle le train d'une grande maison. Seul, il se mit donc à l'œuvre, œuvre délicate et longue, qui (quelque diligents que puissent être les habiles ouvriers de Paris) devait cependant exiger un certain temps, plus d'une année peut-être; — année durant laquelle les jeunes époux habitèrent chez leur mère, tant à Paris qu'à la campagne, dans leur vieux château de Bourgogne.

La forme des meubles appropriée à chaque pièce, à chaque siècle, les couleurs des tentures, les porcelaines, la grande et la petite argenterie, les services de Sèvres, tout le mobilier en un mot, comme plus tard les tableaux; tout fut choisi pièce à pièce par M. de Simors. Nul dissentiment sur rien. Un jour cependant, l'azur du ciel sembla recéler un gros nuage noir, un orage éclata.

Il s'agissait du boudoir de madame. — Madame de Reuilly était, comme on se le rappelle, une personne brune, avec des yeux noirs, des cheveux d'ébène, le teint d'une vive Andalouse. CALCHAS lui proposa un boudoir bleu. — Bleu! pour une brune, c'était vouloir faire d'elle une véritable négresse. Elle réclama auprès de son mari, auprès de CALCHAS : — l'oiseau ne choisit-il pas lui-même le brin d'herbe et la mousse de son nid?

La querelle s'envenima. Durant deux longs jours, chacun tint pour sa couleur, CALCHAS pour le bleu, les jeunes époux pour le bouton d'or! Enfin, devant cette sorte de première insurrection, de première révolution; CALCHAS prudemment dut céder, et le bouton d'or resta à la brune madame de Reuilly.

Cet acte de volonté, cette victoire insur-
rectionnelle, si peu habituels à M. de
Reuilly, laissèrent cependant quelques lé-
gères traces, et, sans menacer CALCHAS d'un
nouveau *mopsus*, ils lui furent un avertisse-
ment.

Tout continua donc à marcher du même
pas. CALCHAS choisit les gens, la grande
et la petite livrée; vingt chevaux et douze
voitures furent achetés de concert entre
les deux amis.

Un chef illustre entre tous fut choisi. Il
sortait de chez un des ex-rois qui pullulent
aujourd'hui sur la terre française. On lui
donna des gages d'une douzaine de mille
francs, sans compter ce qu'on appelle l'anse
d'un fort gros panier, et, au bout d'une
vingtaine de mois, l'hôtel du faubourg Saint-
Honoré était prêt.

En quelques jours d'automne on y était installé, et aux premiers frimas de l'hiver on en ouvrit les portes.

XVI.

Dans la vie de Paris, le monde à voir, à fréquenter, à recevoir est la condition même de la situation et de la vie.

Il y a, à Paris, une multitude de mondes qu'un fantaisiste pourrait s'amuser (tout en amusant ses lecteurs) à présenter par tous leurs côtés, opposés, distincts d'origines, de castes, de traditions, et qui cependant, dans notre siècle, semblent à certains jours et dans certaines circonstances n'en faire qu'un seul.

C'est ainsi qu'en ces circonstances et à
ces jours on trouve réunies dans le même
salon toutes les aristocraties du nom, du
talent, de l'esprit, des arts, de la banque,
de la politique; toutes les sommités enfin
qui, dans un pays comme la France,
semblent être la grande famille qui donne
le ton au monde entier.

Ce monde n'est point ce qu'on appelle
la société, on ne le choisit point : il s'impose
de lui-même, il règne.

Si l'on veut en même temps avoir, à
Paris, une situation plus distinguée, on choisit alors sa société; choix capital, indispensable, vital; choix qui vous place où vous
déplace dès la première heure; car, à Paris,
c'est bien plutôt peut-être par les personnes
de votre société que vous existez, que par
vous-même.

Là est donc le grand problème à ré-
soudre, problème difficile entre tous, par
les temps troublés, les instabilités de for-
tunes et de situations que nous traversons.

Madame de Reuilly, étrangère, arrivant
de Madrid, où elle était du premier monde,
par sa naissance, ses relations, ses traditions, était tout à fait ignorée à Paris.

M. de Reuilly, par lui-même, par sa
famille, par ses antécédents, appartenait
plutôt au faubourg Saint-Germain ; c'est là
que les siens avaient toujours vécu, que sa
mère vivait encore. Sous les Bourbons, son
père était gentilhomme de la chambre de
Louis XVIII ; c'était une bonne et ancienne
noblesse ; sa place aurait donc dû être là
et non ailleurs. Toutefois, comme il était
jeune, et comme, à cet âge, on veut être de
son temps ; il essaya, ou, pour mieux dire,

CALCHAS et lui essayèrent de se faire une
société plus en rapport avec le temps. En
choisissant pour son quartier le faubourg
Saint-Honoré, il avait semblé esquisser
d'avance le genre de monde qu'il se proposait de voir; cela fut remarqué et quelque peu blâmé; néanmoins cela fut ainsi.

A ce monde, madame de Reuilly dut
ajouter de son côté toute la colonie espagnole, qui joue à Paris un rôle et tient un
rang important par sa naissance et sa distinction.

Le monde diplomatique, de son côté,
n'eut garde d'être omis. Ce monde choisi a,
chez nous, ses entrées dans tous nos grands
salons; il y apporte son esprit, sa courtoisie,
ses élégances; il est, avec le monde étranger, quelque chose dont on ne saurait se
passer.

Tels furent le monde et la société qui firent leur entrée dans le palais des Reuilly. On débuta par un bal.

XVII.

M. de Simors, qui, mieux que personne, et par une longue habitude, s'entendait à ces sortes de fêtes, où tout est prévu, fit merveille.

Dès la première heure, tout était à sa place, tous étaient à leur poste. — L'hôtel, une féerie de feux et de lumières; — la livrée, poudrée, galonnée sur toutes les coutures; — les huissiers à chaîne, l'épée d'acier au côté; — des fleurs, des roses, des parterres de roses partout; — à travers le feuil-

lage, un orchestre choisi; — dans des pièces
réservées, les buffets étincelants de giran-
doles, de services de Chine, de Sèvres, chargés de tous les fruits et friandises si goûtés
des gourmandes; — au fond, la grande salle
à manger, étalant sur ses nappes de neige
la plus splendide argenterie, avec tous les
gracieux sujets chers à Pomone, à Bacchus,
à Vénus, tous enlacés dans une même
guirlande, tous dansant amoureusement aux
accents des orchestres; — enfin, aux portes
des premiers salons, la comtesse de Reuilly,
en simple robe blanche lamée d'argent, un
gros bouquet de roses au sein, faisant, avec
un sourire, cette solennelle inauguration.

CALCHAS, dans l'ombre, conseillant, diri-
geant; CALCHAS, l'âme et la vie dont vivait
pour une nuit cette myriade de blanches
épaules, de frais visages, cette étincelante

splendeur de tous les diamants, de toutes
les perles, de tous les trésors de la création.

Ce bal fut pour M. et madame de Reuilly
un premier et notable triomphe ; on en
parla longtemps comme on parle d'une
victoire. Le début, en toutes choses, a son
importance ; — la première parole d'un nouveau souverain affirme son règne, — et à
Paris surtout, où tout est mode et engoue-
ment ; bien débuter, c'est avoir réussi.

La maison des Reuilly était donc déjà
consacrée, on s'y amusait, on y dansait ;
les bals étaient splendides, les soupers délicats ; ce fut donc à qui s'y ferait prier.

Là encore reparaissait cet inévitable
empire de CALCHAS. Devenu, par ce premier
succès, l'arbitre suprême en toutes choses
chez les Reuilly, c'était à lui que, pour être

prié, il fallait s'adresser, par lui qu'il fallait
être présenté; il était, selon les personnes,
facile ou difficile ou impossible. Il recevait
cent billets par jour, en répondait trente,
brûlait le reste; se faisait beaucoup d'amis,
plus encore d'ennemis. Comme les ministres
parlementaires enfin, M. de Simors régnait
et gouvernait seul dans ce joli royaume
dont les deux jeunes époux n'étaient que
les souverains de mode et de nom.

Madame de Reuilly toutefois n'avait pas
seulement ses grands jours, elle avait aussi
ses jours intimes, ses soirées intimes, ses
thés intimes. Elle était une excellente musicienne, nous l'avons dit, elle touchait à merveille du piano, avait une voix charmante,
plus que charmante, puissante; ses inter-
prétations sublimes des grands maîtres
étaient connues; ses fantaisies espagnoles,

ses boléros, ses seguidillas étaient ravissants d'esprit et de brio ; — à ce festin de roi, les délicats seuls étaient conviés.

Dans son salon, l'esprit, de son côté, n'était point un étranger, loin de là. — On y savait lire toutes choses, causer de toutes choses ; — la conversation, ce patrimoine préféré de la société française, de la société parisienne surtout, y avait ses grandes entrées, et M. de Simors, qui était un homme d'esprit, avait su y amener tout ce que Paris comptait de mieux dans la littérature, les arts, le théâtre même.

Le théâtre est à Paris d'un grand attrait. C'est à Paris seulement qu'un esprit délicat et fin, moral et critique, hardi et léger, sait faire de ces pièces qui, traduites dans toutes les langues, vivent partout de cette vie française qui porte avec elle sa natio-

nalité. On a dit que dans un salon les au-
teurs étaient souvent tout autres que dans
leur cabinet; c'est quelquefois une très
grande erreur, et on en connaît, on en reçoit une multitude qui, chéz les autres,
sont aussi pétillants de malice et d'esprit,
aussi émus de tendresse et de sentiment
que sur le théâtre de leur succès.

Le salon intime de madame de Reuilly
était donc aussi l'un de ces centres où l'esprit régnait en immortel qu'il est, — loin,
bien loin de ces ennuyeux

Qui, dans leur sombre humeur, se croiraient faire affront,
Si les Grâces jamais leur déridaient le front !

Les dîners (chose importante) avaient
aussi leur renommée. Savoir donner à dîner
est un talent. Le choix des convives est

pour la moitié dans le succès d'un bon dîner. On ne dîne bien, agréablement, savoureusement, que lorsqu'on a près de soi, à ses côtés, des personnes de charme et d'attrait, des personnes de gentillesses ou d'élégances d'esprit ; — car l'esprit a, comme les choses, ses élégances, ses perles, ses diamants, ses fines dentelles. — C'est alors que de ces dîners où tout est à sa place, — de ces dîners où les mets, les vins, l'esprit et la grâce sont goûtés tour à tour, — de ces dîners où tout respire une douce ivresse, — la réputation est faite.

De ce triomphe culinaire, M. de Simors était encore l'inspirateur et l'arbitre. C'est lui qui faisait et défaisait les menus, introduisait tel ou tel changement, et nous citons avec quelque intention le différend grave qui, un jour, s'éleva à propos de

certain plat qu'il voulait d'une façon et
M. de Reuilly d'une autre.

Il s'agissait d'un turbot. La bataille fut
longue, la mêlée terrible. Le chef fut appelé, interpellé. On discuta tous les modes
de servir ledit poisson, et comme jadis, en
semblable conflit, au Sénat romain :

> *L'oracle* décida cette affaire importante,
> Et le turbot fut mis à la sauce piquante.

Ce triomphe de CALCHAS n'était point
nouveau, — on ne le couronna pas de fleurs
à cette occasion; il se chargea lui-même,
comme de coutume, de cette apothéose.

D'ailleurs, n'en était-il pas de même
dans toute cette maison, dans cet intérieur,
dont il était le Dieu et *l'oracle* suprême?
On va le voir.

XVIII.

S'il y avait une opération de Bourse à faire, de la rente à vendre ou acheter, CAL-CHAS était le mieux renseigné ; il savait tous les secrets de la hausse ou de la baisse, tous les secrets des cabinets, des ministres, du gouvernement. Du congrès, lorsqu'il y en avait un, il savait la part qui serait faite de la pauvre Turquie à chacun des aspi-rants à ce gâteau. — La part qui serait lais-sée aux pauvres porteurs de fonds turcs, il la connaissait, en raisonnait et vous disait à

l'oreille s'il fallait vendre les turcs, ou les
égyptiens, ou les péruviens à tel prix, pour
racheter à tel autre.

S'il y avait une course à Chantilly, à
Auteuil, à Longchamp, à La Marche, c'est
lui qui savait sur quel cheval il fallait s'en-
gager, parier et gagner.

Si une pièce nouvelle, un livre, un ou-
vrage quelconque paraissait, c'est lui qui
en savait d'avance la valeur, discutait les
mérites ou les côtés faibles, conseillait ou
déconseillait la lecture ou l'achat. — Ah!
par exemple, si le livre, ou la brochure, ou
le roman était d'un parent, d'un ami ou
d'un familier de la maison, de la connaissance, de la société des Reuilly ou de la
sienne ; défense absolue de le critiquer
même en sa forme, défense de ne point y
trouver le style correct, les caractères bien

étuaiès, l'action bien présentée, la morale respectée, le cœur bien compris. — Le livre était sublime, et malheur à celui qui se serait avisé d'en dire son mot ou d'en publier quelque critique. — La société de CALCHAS était une *société d'admiration mutuelle ;* — admirez ou taisez-vous, c'est CALCHAS qui l'ordonne.

Ainsi, en toutes choses, CALCHAS régnait et gouvernait. — Heureux roi ! le seul peut-être qui vît à ses pieds cette foule d'empressés, de courtisans et d'adorateurs, brûlant sur ses autels un aveugle et respectueux encens !

Nous n'avons cité tous ces menus détails, petits en eux-mêmes, que pour prouver davantage que toujours il existe chez nous, en nous, auprès de nous, quelque chose ou quelqu'un qui nous domine et nous mène,

6

comme on mène un esclave ! — Doux escla-
vage, lorsque la chaîne est, comme celle-ci
jusqu'à présent, cachée sous les fleurs !
Pourquoi faudra-t-il qu'elle soit un jour
brisée par la plus terrible des catastrophes ?
L'amour le dira.

XIX.

La situation de M. et madame de Reuilly
était donc ainsi faite et établie dans le beau
et le bon monde de Paris, lorsque, l'hiver
fini, il fallut songer à faire comme tout ce
monde, à partir pour la campagne. — Rester à Paris l'été est pour un certain monde
chose impossible, sous peine de se man-
quer à soi-même; non pas qu'on ne puisse
trouver à Paris, dans les sinuosités, dans
les vertes et ombreuses promenades du
bois de Boulogne, par exemple, aux alen-

tours d'un lac qui en défierait bien d'autres, tout autant de fraîcheur, de verdure
et de fleurs qu'en rase campagne; — non
pas que dans les environs de Paris, aux
environs de Saint-Cloud, de Saint-Germain,
on ne trouve sur toutes ces collines qui se
prolongent sur les bords tranquilles de la
Seine, comme les petites Alpes ou les petites Pyrénées de la Grande-Ville; — Alpes
gracieuses, Alpes galantes, toutes semées
de bois charmants, de villas proprettes et
joyeuses; — mais la mode est ailleurs; il faut,
quand on a un splendide hôtel à Paris, avoir
une splendide installation à la campagne,
avec des eaux vives, de vastes prairies, de
noires et giboyeuses forêts. Le son des
trompes, la meute des chiens, les habits
rouges, l'étang où se force le cerf, la patte
que l'on offre à la plus belle ou la plus

noble; tout cela est de rigueur, nul ne s'y
pourrait soustraire, sous peine d'être rayé
du Livre d'or.

M. et madame de Reuilly n'avaient point
de terre à eux. Ils chargèrent àlors l'inévitable CALCHAS d'en découvrir une, et ils y
mirent les conditions suivantes : — distance, deux heures de Paris, — pays accidenté, pittoresque, — de grands bois pour la
chasse, — une petite ville aux environs, un
voisinage agréable ; — quant au prix, deux
millions étaient prêts pour cette acquisition.

Trouver, suivant ces conditions, quelque
chose d'acceptable était chose difficile,
chose qui demandait du temps ; or, en attendant, le jeune ménage devait aller passer
ser ses étés dans le château seigneurial de
la mère de M. de Reuilly. Ce château était
situé en Bourgogne, près de la petite ville

6.

qui s'appelle Semur. Il appartenait aux
Reuilly de père en fils, il était de construc-
tion gothique, pittoresque d'aspect, de situation, entouré de ces vignes qui donnent
les bons vins que l'on sait; mais rien ou à
peu près rien n'y était donné à l'agrément.
Nos pères ignoraient toutes les délicatesses
de notre confort, de notre temps; ils habitaient de grandes pièces, percées de grandes fenêtres, se chauffaient à de grandes
cheminées, mangeaient et buvaient dans de
vastes salles, où la table était grande,
grande pour tous les voisins et amis. —
Là, c'était dans de grands verres qu'ils por-
taient de grand cœur la santé du roi, des
amis, des chasseurs, des victorieux quand
il y en avait, — et il y en avait.

Aujourd'hui tout cela est bien changé, et
le vieux château des Reuilly n'était plus ce

qu'il fallait au jeune ménage de l'hôtel princier de Paris. C'est pourquoi ce ne fut qu'en attendant mieux que M. et madame de Reuilly s'y étaient installés pour les étés.

On passa ainsi quelque temps, et, CAL-CHAS n'ayant rien trouvé dans les conditions voulues, on se résolut, en attendant, à un grand voyage. Un voyage pour les jeunes est chose presque obligée, tous les jeunes voyagent : c'est là qu'ils vont, chaque jour et presque chaque heure, renouveler les mobiles impressions qui sont de leur âge.— Le premier voyage que fait habituellement une jeune femme n'est ni la Russie, ni l'Angleterre, ni l'Espagne, ni même son propre pays, la France. — Le premier voyage de la femme est l'Italie. En Italie, tout est féminin : — Rome, Florence, Venise, Naples Palerme sont des femmes que

toutes les femmes veulent voir et connaître.
Ce fut donc le voyage d'Italie qui fut décidé.

A ce jour du départ, à cette séparation
de CALCHAS, qu'on n'avait jamais quitté, à
cette séparation qui va renfermer de si tra-
giques événements, les deux époux se regardèrent, se trouvèrent un moment comme
dépaysés, comme sans guide et sans volonté; — seuls à deux.

Jusqu'à ce jour, en effet, ils avaient été
habitués à si peu penser, si peu vouloir,
si peu décider, que cette liberté nouvelle
leur sembla comme une charge et un em-
barras; ils s'y firent néanmoins peu à peu,
et, arrivés à Nice, ils savaient déjà à peu
près se conduire seuls.

XX.

Le voyage d'Italie, tout le monde l'a
fait, le fait ou le fera ; — tout le monde,
curieux de cette grande terre, des grandes
œuvres enfantées par le pinceau, le ciseau
des maîtres, des inspirés ; — tout le monde,
curieux des ciels bleus, des flots bleus de
cette mer féminine qui s'appelle la Méditerranée ; — tout le monde d'esprit, poète,
artiste, curieux, amateur, a visité, décrit,
admiré ou lu toutes ces merveilles.

Nulle de ces sensations et de ces mer-

veilles ne pouvait échapper au sentiment
délicat et poétique de madame de Reuilly.
Elle était, nous l'avons dit, une grande
musicienne, et il est bien rare, lorsqu'on a
su dire et chanter le cœur dans toutes ses
notes et ses amours, que l'on ne sente pas
la nature et l'art dans toutes leurs secrètes
expressions : — c'est ce qui arriva.

Sans entrer dans le détail, si souvent
dit et redit, de tout ce que vont voir dans
cette belle Italie les jeunes époux ; nous
les accompagnerons cependant en curieux
dans ce premier essai de leur indépendance et de leur liberté.

De Nice à Gênes, par où l'on débuta,
on eût pu, on eût dû peut-être, en gens de
l'époque, se confier à la noire fumée d'une
prosaïque locomotive, toujours aussi pressée de partir que pressée d'arriver. — car

aujourd'hui arriver vite est le but de toutes choses, aujourd'hui le temps est de l'argent, c'est le temps qu'il faut économiser, presque supprimer ; — le temps de regarder, de jouir et d'admirer est du temps perdu !

Aujourd'hui le voyage est tout autre chose. Aujourd'hui on ne voit rien que vite ; quand on voit, la nature a cessé d'être. — Tour à tour sur une rampe élevée ou dans les ténèbres d'un affreux tunnel on passe. — Tout est droit, uni, aligné, surveillé ; — on part à telle minute pour arriver à telle autre, le sifflet règle et annonce tout. A l'approche du monstre vertigineux qui vomit une noire fumée, tout fuit, tout disparaît. — Les hommes, les animaux, le village, la cabane, le laboureur, les chevaux du laboureur ; tout est petit, rapetissé. — Les villes elles-mêmes ne sont plus. Une

station, une gare en bois ou en pierres, de
la même forme, de la même architec-
ture, habitée par les mêmes gens, vêtus
du même habit, vous annonce par son éti-
quette que vous êtes à Marseille, à Toulon
ou à Nice; tout, en un mot, est frappé au
coin de cette uniformité qui n'est plus ni
la terre, ni le ciel, ni les vallons, ni les
coteaux. —Alors, plus rien de ces délicieux
mouvements de terrains, de ces profondes
vallées dans lesquelles vous descendiez au
trot de vos chevaux, après avoir gravi len-
tement, quelquefois à pied, à votre aise,
un beau soir, les rampes sinueuses de la
montagne. — Ah ! si le bon La Fontaine eût
vécu de notre temps, il n'eût point fait
assurément, sur cette affreuse machine noire,
cette naïve et fine peinture du coche et de la
mouche; — de la mouche stimulant à grand'

peine l'attelage essoufflé; de cette mouche que nous rencontrons tous les jours et partout, piquant l'un, piquant l'autre et pensant à tout moment qu'elle fait aller la machine.

Nous ne résistons point au plaisir de citer cette charmante manière de voyager, si bien rendue et si oubliée de nos jours; — celle qu'avaient préférée cependant nos jeunes touristes; — ils avaient choisi, comme autrefois, le voiturin.

Dans un chemin montant, sablonneux, malaisé
Et de tous les côtés au soleil exposé,
    Six forts chevaux traînaient un coche.
Femmes, moines, vieillards, tout était descendu;
L'attelage suait, soufflait, était rendu.
Une mouche survient et des chevaux s'approche,
Prétend les animer par son bourdonnement,
Pique l'un, pique l'autre et pense à tout moment
    Qu'elle fait aller la machine,
S'assied sur le timon, sur le nez du cocher.
    Aussitôt que le char chemine,

7

Et qu'elle voit les gens marcher,
Elle s'en attribue uniquement la gloire,
Va, vient, fait l'empressée. Il semble que ce soit
Un sergent de bataille allant en chaque endroit,
Faire avancer ses gens et hâter la victoire.
Après bien du travail, le coche arrive en haut.
« Respirons maintenant, dit la mouche aussitôt,
J'ai tant fait que nos gens sont enfin dans la plaine.
Çà, messieurs les chevaux, payez-moi de ma peine »

C'était ainsi, en effet, — avec ou sans la mouche, — que les six chevaux du voiturin de nos jeunes voyageurs avaient, par un soleil torride, atteint la hauteur de La Turbie, et bientôt descendaient, au son argentin de leurs grelots, vers les premières maisons de la célèbre principauté de Monaco.

XXI.

De Monaco, où l'on s'arrêta à peine,
rien ou presque rien.

Monaco est bien, en effet, une principauté qui, plus heureuse que tant d'autres
États, a un souverain qu'elle aime, des
sujets heureux, ne payant nul impôt, pas
même celui du sang; tous jouissant de la
vie libre et calme, au milieu du plus beau
coin de terre qui soit au monde.

Deux collines (deux sœurs de natures et
de goûts si différents) forment, avec un

petit territoire, l'ensemble de la principauté.

Sur l'une des collines la *vieille ville;*
sur l'autre, la *ville neuve.*

La vieille ville est celle du prince et du
silence. Le palais y est au dedans comme
au dehors une magnificence ; — tout s'y
trouve, l'art surtout dans ses fresques et
ses œuvres les plus délicates. Les jardins
sont suspendus comme autrefois ceux de
Sémiramis ; — de ses hautes terrasses, admirable vue sur toute la côte d'Italie, incessamment baignée par cette poétique écume
d'où les Grecs avaient vu naître leur blonde
et pudique Vénus.

La ville neuve est celle de la joie, du
mouvement et du jeu. Sur sa colline s'é-
lève le temple de la Fortune avec toutes
ses splendeurs, ses mensonges et ses attraits.

De ses vastes terrasses, la même admirable vue sur la grande mer bleue, sur les
hautes et pittoresques montagnes de la
famille des Alpes. Sur ces terrasses : ici,
les grands palmiers, entourés de leur ceinture d'aloès aux larges raies jaunes, — là,
les bois d'orangers, de citronniers, — ici,
les euphorbes d'Arabie, les caroubiers aux
grappes de pourpre, les figuiers de l'Archi-
pel, les raquettes du Désert, les genêts d'or,
les ficoïdes du Cap, aux fleurs jaunes,
rouges et oranges. — Autour du temple,
les mymosas, les tubéreuses, les renon-
cules, les buissons de jasmins, de géra-
niums, d'héliotropes, de pensées, de vio-
lettes, de myosotis; — partout enfin,
toutes les fleurs de la création, toutes les
senteurs qui parfument, à la fois, le cœur
et le souvenir !

Entre les deux collines, au bord de la mer, dans le creux d'une jolie vallée, une oasis, — la Condamine, avec ses maisons blanches, aux grilles et aux balcons dorés.

Aux environs, sur les flancs de ces montagnes, dans toutes les fissures des rochers, une multitude de villas élégantes, de maisonnettes, de cabanes proprettes; voilà Monaco.

Ce qu'on y fait, tout le monde le sait. Chacun y vit à sa guise, à son goût, à sa passion; tous du même soleil, de cette même nature embaumée qui ne laisse nulle place aux noirs chagrins.

Nos jeunes voyageurs ne s'y arrêtèrent que le temps d'admirer, et le lendemain ils commençaient tranquillement, au pas de leurs chevaux, leur pèlerinage de la Corniche.

XXII.

La *Corniche* est tout ce pays qui, comme
un gracieux ruban, se déroule et s'étend
de Monaco jusqu'à Gênes. C'est cette multitude de petites villes, de bourgs, de villages, de hameaux, de baies, de golfes,
de pêcheries, que vient sans cesse cares-
ser de son flot d'azur une mer qui a de
la femme la coquetterie, le caprice et le
charme; — la Méditerranée.

Menton, la première ville où l'on arrive,
est la ville de la souffrance et de la gué-

rison. Que de jeunes et pâles visages errent dans ses jardins ! que d'espérances pour les croyants ! que de joies pour les guéris !

On ne s'y arrête guère, et on arrive bientôt à la frontière nouvelle qui aujourd'hui annonce l'Italie. A Vintimille, on entre dans cette Italie, où l'on va trouver Gênes et Venise, Rome et Florence, Naples et le Vésuve, et tous ces grands souvenirs qui ont tour à tour ému, charmé, élevé nos esprits et nos cœurs.

On est en Italie; on commence la Corniche.

Toujours sur les bords de cette riante et amoureuse mer, on chemine, et bientôt on est à San-Remo, jolie petite ville, devenue fort à la mode depuis quelque temps, — peuplée de villas, de châteaux et de princes; puis on y touche à Bordighéra. — Bordi-

ghéra est devenue historique par ses palmiers. Bordighéra seule a le droit d'envoyer
à Rome, au Saint-Père, les palmes qui figu-
rent à la fête des Rameaux. On sait l'origine de ce privilège, comment, et à qui, et
pourquoi il fut accordé. Tout le monde l'a
raconté. Nos jeunes époux l'ignoraient, le
voici :

C'était, je crois, en 1786. Un architecte
fameux du temps, Fontana, devait ériger
sur la place de Saint-Pierre de Rome l'o-
bélisque qui y est aujourd'hui.

Pour cette difficile opération, toutes les
précautions avaient été prises ; c'était une
anxiété. Le pape Sixte Quint avait rendu
un décret d'après lequel nul, durant l'opération, ne pourrait ni remuer, ni crier, ni
parler. Aux coupables la peine de mort.
Les tribunes élevées autour de la place

7.

toutes remplies, le pape sur une sorte de
trône, et le bourreau à son poste; l'opération avait commencé. Elle allait bien, le
silence était complet, une mouche même
ne volait point; soudain, les grosses cordes
qui tenaient l'obélisque étant trop tendues
par le poids énorme du monolithe, l'une
d'elles se brisa.

L'obélisque allait tomber, lorsque de la
place s'éleva une voix qui cria : *Acqua
alle corde* (de l'eau aux cordes) ! On en jeta
aussitôt. Bientôt l'obélisque remonta, se re-
leva et se dressa, en roi, sur sa base.

Mais, en même temps aussi, celui qui
avait crié *de l'eau aux cordes* avait une
autre corde au cou; on l'avait saisi, et il
allait être pendu par le bourreau, lorsque
le pape, pour grâce, lui accorda... la vie.
Il manquait la récompense. Cet homme était

riche, il était de la famille des *Bresca*, de
Bordighéra. Pour récompense, le pape alors
lui accorda à lui et à ses descendants le privilège de fournir à Rome, au saint jour des
Rameaux, les palmiers que le Saint-Père et
le Sacré-Collège portent à la grande pro-
cession de la basilique. Sixte Quint y avait
ajouté une pension annuelle de six mille
écus romains.

La pension a disparu, la famille des
Bresca s'est peu à peu éteinte; mais Bordighéra a conservé le privilège de ses
grandes palmes, toujours plus vertes et
plus révérées.

Telle l'histoire des palmes.

Après Bordighéra, une foule de petits
villages, tantôt perchés sur la montagne,
tantôt les pieds dans la mer, avec les bar-
ques et les blanches voiles des pêcheurs;

c'est ainsi qu'on passe successivement à
Oneille, à Alessio, à Albengas, et qu'on
arrive à Savone. On s'y arrête; c'est une
étape, l'étape des délicats de la Corniche.

Savone est la cité pontificale. Il y a
ainsi des lieux prédestinés, pour les sa-
vants, les guerriers, les poètes, les prélats ;
nous en savons, en France, plus d'un qui
a ce monopole. Savone produit des papes.
Elle a vu naître Grégoire XII, Sixte IV,
Jules II, et, par contre, elle a vu, prisonnier
dans ses murs, le doux Pie VII, celui qui,
enlevé de son palais du Vatican, était venu
sacrer à Notre-Dame de Paris le plus
grand empereur des temps modernes. Savone redit encore à qui veut l'entendre
toutes les tristesses, les anxiétés et les
doutes qui assiégèrent le Saint-Père dans
cette sorte de prison.

Savone, d'ailleurs, est sans autre couleur, triste par ce souvenir, fière par les autres et, comme toutes les petites villes de la Corniche, admirablement située.

Mais bientôt on sent qu'on arrive à une grande ville ; les environs s'animent de mille villas, fabriques ; on est dans ce qu'on appelle *la rivière de Génes,* — on est à Gênes.

XXIII.

Gênes, dite la superbe, est la Gênes qui
jadis promenait sur les flots de la Méditerranée son orgueilleuse bannière, celle de
ses doges respectés. Les noms des Spinola,
des Grimaldi, des Balbi, des Durazzo sont
restés célèbres; — celui de *Doria* les a tous
personnifiés. Avec les Doria: les grands combats contre Venise, contre Livourne, contre
Pise, contre la Corse; les grands combats
contre les Maures et les Turcs.— Avec André
Doria, entre tous, le faste, le luxe, la puis-

sance ; *superbes* comme le nom de la *Cité-Reine* de la fière République.— On y retrouverait encore, s'il le fallait, la trace de la robe ducale dont le vieux doge de quatre-vingt-dix ans balayait les marches de son palais, lorsqu'il promenait son regard sur la grande mer soumise à sa loi.

Aujourd'hui Gênes n'a plus de doge : elle n'est plus ni libre ni marquise, ses griffons n'étouffent plus dans leurs serres l'aigle impérial et le renard pisan. Ceux-ci sont remplacés par l'écu de Savoie. — Elle est italienne.

Sa situation, son port n'ont point changé. Couchée au fond de son golfe comme une reine, elle se repose de ses grandeurs passées avec une mélancolique dignité.

Ses palais, ses églises n'ont point leurs pareils, l'or et le marbre y trônent en rois;

ses galeries gardent avec sollicitude les meil-
leures toiles des Titien, des Véronèse, des
Carrache, du Guide, du Guerchin, des Van
Dyck, des Michel-Ange. Là, tout est au
passé, au grand passé, qui, à défaut du
présent, honore encore et glorifie ses descendants. On a eu beau faire sur Gênes et
sur les Génois une foule de mots; on a eu
beau dire de Gênes que « *la mer y est*
« *sans poissons, la montagne sans bois, les*
« *hommes sans foi et les femmes sans ver-*
« *gogne* », Gênes est restée la Gênes des
grands souvenirs et des grands maîtres.

Gênes a aussi donné le jour à de grandes
figures, celle de Christophe Colomb par
exemple, et à une certaine quantité d'autres que nous pourrions citer avec quelque
orgueil contemporain. Elle est une *magna
parens*.

Vue de son port, dans une barque, elle
se déploie comme un éventail de pierre et
de marbre sur cette mer tranquille dans
laquelle elle se mire ; de hautes montagnes
la dominent, — c'est le cadre du tableau.

Nos voyageurs pouvaient facilement y
demeurer bien des jours, tant il y a de
choses à bien voir ; mais, s'ils l'ont fait,
nous craindrions de les suivre dans ces
sentiers si souvent rebattus, et chantés,
et décrits, et nous arrivons tout de suite
aux motifs qui tout à coup vinrent modifier
leur voyage et déterminer leur départ.

On écrivait de Naples que certains signes
annonçaient une éruption prochaine du
Vésuve. — Une éruption est une grande
chose, une sorte de révolution dans les
entrailles de la terre qui n'éclate que rarement, qu'on ne voit peut-être qu'une fois

dans sa vie ; nos voyageurs résolurent d'y
courir. Les grandes villes de Milan, de
Turin, les grands lacs, Venise, Florence,
les grandeurs de Rome ; on devait voir
tout cela au retour ; aujourd'hui c'est au
Vésuve, à Naples qu'il fallait courir. Courir à Naples par chemin de fer, c'eût été
toujours trop prosaïque ; on résolut d'y aller par mer, par cette douce mer Méditerranée qui n'a pour ses amis que les flots
d'un grand lac.

Justement M. de Reuilly avait trouvé à
Gênes un de ses amis, le duc de Saint-A...,
qui avait à l'ancre l'un des plus polis yachts
du Royaume-Uni. Le yacht partait le lendemain. Le lendemain donc, nos jeunes
voyageurs faisaient voile et charbon pour
Naples.

XXIV.

De Gênes à Naples les côtes ne sont
qu'un panorama. Sans quitter de beaucoup
le rivage, il faut passer successivement devant ces terres bénies qui renferment dans
leur orgueilleux et tendre sein des villes
telles que Pise, Florence, Livourne, Rome.
Ce genre de voyage au grand air de la
mer, à la brise pure et saine des soirs et
des matins, aux rayons d'un doux soleil,
au bon silence de toute la nature, a un attrait, un charme particuliers. Qui a connu

la mer l'aime, s'en souvient et ne l'oublie
jamais.

Au bout de quelques jours, le yacht arrivait dans ce golfe de Naples qui n'a point
son pareil. Rien ne se compare en ce
monde, chaque chose a sa couleur, sa vie
propres; Constantinople et le Bosphore sont
chose superbe, Naples avec son golfe est
chose admirable.

Vue du golfe, Naples, avec ses palais,
ses églises, ses terrasses, ses grands pins,
ses verdures, ses bruits, ses chants du
soir, son éblouissant soleil, ses brises embaumées, ses eaux transparentes; semble
une femme qui rêve et qui sourit.

Vue, au contraire, d'en haut de la terrasse du couvent des Camaldules, l'aspect
a changé.

Si de cette terrasse, le soir, lorsque le soleil

se couche en dorant tout ce qu'il éclaire encore, vous voulez un moment vous recueillir, comme on se recueille devant un grand tableau ; voyez à vos pieds cette mer azurée ;

A droite, le Pausilippe, Baja, le cap Misène ;

Çà et là, sortant de la mer, les îles de Caprée, Ischia, Procida ;

A gauche, Sorrente, Castellamare, Resina, Portici ; — plus loin, le Vésuve !

Le Vésuve, qui grondait et fumait, fut la première course de nos voyageurs.

XXV

L'ascension au Vésuve a aujourd'hui, comme bien d'autres choses, perdu de sa saveur. Autrefois on montait au Vésuve, à pied, par des sentiers étroits, rocailleux, creusés seulement par les eaux ou le temps; on traversait ainsi des laves noires et durcies, des cendres quelquefois encore tièdes, et on arrivait exténué, privé d'air et de courage, à ce qu'on appelait le cratère : cratère qui n'est jamais le même, le feu perçant les flancs de la montagne là où il lui plaît, là où nul ne le soupçonne et ne

l'attend. Aujourd'hui tout est changé ; le
progrès a tracé et creusé sur le flanc de la
montagne une vraie route ; on y monte pro-
saïquement, les uns à cheval, les femmes
en chaise à porteurs, comme on va au bain
ou au bal ; — on y trouve un reposoir, un
ermitage, un observatoire, et on y boit du
lacryma-christi à sa santé.

D'ailleurs, le sommet du Vésuve n'est
point des plus élevés, à peine 1,200 mètres,
— un enfant à côté de certains pics de
notre France, de notre Europe ; — un enfant
à côté de l'Etna, qui bientôt va devenir la
seconde passion de nos voyageurs et le
motif de la plus tragique aventure de leur
voyage.

Toutefois l'âge du Vésuve, son histoire,
ses exploits, ses colères, ses ravages mé-
ritent d'être racontés.

XXVI.

Il y a près de dix-huit siècles que, par un jour d'été, un jour du mois d'août, le Vésuve, vomissant de son cratère une horrible pluie de feu, de pierres et de cendres; ensevelissait en quelques moments, sous ne croûte épaisse et brûlante, deux villes désormais célèbres, avec tous leurs habitants, leur monuments, leurs trésors : *Herculanum* et *Pompéi.*

Herculanum fut enseveli dans une lave qui avait trente-quatre mètres d'épaisseur.

Tous ses habitants périrent, nul ne se sauva. Elle resta ainsi sous terre jusqu'en 1711, époque à laquelle, le duc Emmanuel de Lorraine ayant besoin de marbre pour bâtir son palais ; un boulanger, en creusant, découvrit au fond d'un puits le premier toit de la première maison. Les fouilles continuèrent, et Herculanum se révéla.

Son théâtre principalement est admirablement conservé. C'est là qu'on a découvert les quatre superbes statues équestres des Balbus, transportées au musée de Naples. Dans ce théâtre, rien ne manque que les spectateurs.

Une ville tout entière a été bâtie sur les restes d'Herculanum, celle de Portici. Un jour ou l'autre, Portici sera à son tour enseveli, ou par le Vésuve dans ses laves, ou par la mer dans ses flots, ou par Hercula-

8

num lui-même dans ses ruines ; c'est son
sort. La plupart des objets de valeur et de
curiosité trouvés à Herculanum ont été
classés dans le musée de Naples : on les
y voit.

Pompéi a eu le même sort. Victime de
la même éruption, couchée sous une épaisse
croûte de cendres et de pierres depuis la
même époque, elle était restée ainsi en-
dormie, et les descendants de ses malheureux habitants y avaient planté des vignes,
cultivé du blé, lorsque, il y a deux siècles
à peu près (1689), un ouvrier, en bê-
chant la terre, toucha à quelque chose de
résistant. Qu'était-ce ? Le toit d'une maison.

On s'émut, on continua, on fouilla ce sol.
Tous les amis de la science et des arts
accoururent ; on découvrit des rues, des

maisons, des temples, des théâtres : — Pompéi était retrouvée.

Rien au monde de curieux et de parlant comme cette vieille et coquette cité, sortie de ses cendres, on peut le dire.

Si jamais on a pu ressusciter une ville tout entière, — ressusciter ses usages, ses coutumes, ses lois, ses plaisirs, sa vie intime, c'est Pompéi, ainsi retrouvée au bout de seize siècles, telle qu'elle était, qu'elle parlait, qu'elle vivait, au moment de sa mort.

Y entrer un moment avec nos voyageurs, c'est entrer dans une ville de nos jours.

XXVII.

Pompéi était chez les anciens comme est chez nous une ville où l'on va passer l'été, respirer, se reposer, s'occuper. Tous les patriciens de Rome y avaient leurs villas. Cicéron, Salluste, Caton le Censeur, Sénèque, Phèdre y avaient la leur et ne manquaient point d'y venir. Elle avait 12,000 habitants.

La vie intérieure et extérieure y respire par tous les côtés : la rue, la maison, le bain, la toilette, la table, les théâtres, les temples.

la boutique et d'autres lieux, tout s'y trouve.

Dans la rue, le pavé est encore creusé par les roues des chars qui y circulent ; le pas des chevaux et des bœufs marque encore sur les dalles luisantes et propres. La maison est bien distribuée, rien n'y manque : — là on mange, là on couche, là on reçoit les visiteurs, là on se baigne, là on fait sa toilette. Tout ce qui a rapport à cette vie, à ces détails de tous les jours, a été trouvé tel qu'il était au moment de l'éruption du volcan et est déposé au musée de Naples.

Sur la table de toilette, — le miroir, les peignes, les pinceaux pour les sourcils, le carmin pour les lèvres. Dans ce cabinet de toilette, de gracieuses fresques égayent les murs : — Mars et Vénus, Jupiter et Cupidon, aux couleurs douces et amoureuses.

8,

Dans la salle de bains, mêmes peintures
lascives : les nymphes au bain, Diane et
Actéon, Flore, Adonis, le beau Narcisse.

Dans la salle à manger, les lits sur lesquels s'asseyaient les convives ; — dans
les armoires, les olives, les raisins, le pain,
les coupes de vin de Chypre, le blé, les
plats, les verres ; — tout cela conservé
comme s il était d'hier.

C'est ainsi qu'on retrouve presque vi-
vantes encore les maisons d'Isis, du poète
tragique, d'Apollon, du Faune, de Mercure, de Vénus, de Diane, des Grâces.

Au théâtre, — la guérite de la sentinelle
qui montait la garde à la porte, le bureau
de celle qui donnait les billets à l'entrée, —
ils sont en ivoire, avec le rang 'du gradin et
le numéro de la place. — Le théâtre est ce
qu'il était. La scène, l'avant-scène, l'or-

chestre, les gradins, les colonnes, tout y est, les acteurs seuls manquent.

Les temples sont ouverts. Ils sont dédiés à Neptune, Auguste, Mercure, Vénus, Isis; on y sacrifierait au besoin. Sous les portiques, dans toutes les maisons, les peintures les plus libres, les emblèmes de la fécondité; — dans la maison de Julie Félix, de Panza, tous les mystères d'Isis, peints, sculptés en bronze, en fer, en marbre.

Dans toutes les boutiques, on y vend. Presque toutes les denrées sont exposées. Dans la rue des Tombeaux, partout, à droite et à gauche, les inscriptions des monuments rappellent les noms, les vertus des morts, les regrets des vivants; — les rues du Faune, de la Fortune, des Thermes, de Stabin sont désertes : — c'est par cette dernière que la foule éperdue, femmes, en-

fants, jeunes, vieux, emportant leurs trésors, ont cherché à s'enfuir et sont tombés
suffoqués, tous étouffés par le même feu.

A ce moment fatal, nous dit Pline le
jeune, un gros nuage noir parut à l'horizon. Il a les cimes et les branches d'un
pin. Il est tantôt blanc, tantôt noir. Il
est chargé de cendres et de cailloux. La
terre tremble, le rivage s'agite, tous les
poissons sont à sec. Partout des feux sombres, partout des éclairs scintillants ; tout
s'abîme, tout s'engloutit ; la ville, les habitants, tout est frappé, — tout est mort ! ..

Ainsi avait disparu, pour seize siècles,
cette ville de Pompéi, aujourd'hui rendue
à moitié au soleil et à la vie.

Telle l'histoire que racontait à nos voyageurs ce même Vésuve, aujourd'hui encore
prêt à vomir d'autres feux.

En effet, cette éruption tant attendue par les uns, redoutée par les autres, avait lieu peu de jours après le débarquement de M. de Reuilly. Elle fut magnifique.

Vers deux heures de la nuit, un fracas épouvantable ébranla tout à coup la terre et la mer ; une gerbe immense, noire d'abord, rouge ensuite, s'élançait du cratère ; un long et tranquille serpent de feu déroulait ses anneaux sur le flanc de la montagne, et s'en allait ensevelir bien avant dans la terre ses scories incandescentes ; sa marche était calme, uniforme, comme quelque chose qui emporte avec lui son secret et sa grandeur. D'où venait ce feu ? à quels foyers inconnus s'allumait-il ? Là étaient en même temps ce secret et cette grandeur !

XXVIII.

Bien des jours se passèrent, après cette
magnifique éruption, à voir Naples, à parcourir ses environs, à voguer sur ses eaux,
à respirer sa brise, à s'enivrer d'air et de
soleil. Dans toutes ces courses, dans toutes
ces visites, une circonstance toutefois, aujourd'hui sans valeur, et tout à l'heure si
importante et si étrange, doit être racontée.

À l'hôtel où étaient descendus M. et
madame de Reuilly, deux hommes s'étaient
présentés à titre de guides; ils disaient

connaître parfaitement tous les environs,
toute l'Italie, et jusqu'à la Sicile; ils étaient
de bonne apparence, doux et polis, fort
obligeants; ils furent agréés pour guides et
ne quittèrent plus nos voyageurs.

Naples donc était à peu près épuisée,
lorsque, tentés par la proximité, M. et madame de Neuilly pensèrent à visiter la Sicile.

La Sicile avait aussi son volcan; M. de
Reuilly, qui avait fait une sorte d'étude de
volcans, ne se sentit point d'aise d'aller faire
sa visite à l'Etna; on partit.

Un bateau à vapeur, qui fait le trajet
de Naples à Messine, chauffait; nos deux
voyageurs s'y embarquèrent avec les deux
guides, emmenés à ce titre.

Le trajet fut court. On passa devant ce
petit volcan de Stromboli, presque honteux

de son petit cratère et de son petit feu, et
bientôt on débarquait dans la ville des vê-
pres siciliennes : — on était à Messine.

XXIX.

Messine n'a pas grand attrait, c'est une ville morte. Le fameux tremblement de terre de 1783 y a laissé partout des ruines qu'on y trouve encore. On quitte donc Messine sans regret, et, par la pittoresque route qui longe la mer, on se dirige vers Catane.

De Messine à Catane, c'est presque une autre *Corniche* à parcourir, cette fois d'une tout autre nature, dans ses lignes, ses accidents et ses aspects.

Du cap Grosso à Catane, la nature est

9

plus tourmentée que dans la rivière de
Gênes; elle est en même temps plus mâle
et plus accusée dans tous ses traits, dans
toute sa physionomie. La mer participe de
cette sévérité; ce ne sont plus les flots unis
et tranquilles de la Méditerranée, la couleur
de la mer d'Afrique est différente.

On gagne ainsi le cap et le château de
San-Alessio, sentinelle avancée de la route
de Messine, et on aperçoit Taormina.

Taormina est l'ancienne *Tauromenium,*
bâtie sur la chaîne des monts *Taurus* par
le Grec Andromaque, père de Thymée.

Son théâtre, élevé par les Grecs, réparé
par les Romains, est le plus grand et le plus
entier de tous les théâtres anciens.

Les portes avec leurs arceaux et leurs
colonnes, les niches des statues des dieux,
la scène, l'avant-scène existent, ainsi que

les gradins, dans une conservation parfaite.
Sa situation, sa vue sur l'immensité de la
mer, tout y est sévère et grand.

On est bientôt après à Mascali, et on
entre dans ce qu'on appelle les *onze pa-
roisses* de l'Etna.

Là commence cette suite de bourgs, de
villages, de maisons, perchés sur des poin-
tes boisées, ce petit pays sillonné de sour-
ces qui surgissent de partout, claires et
fraîches; planté de grands pins et d'énormes chênes, hêtres et peupliers à la haute
pyramide. Là s'épanouissent à leur tour les
bosquets fleuris de Macchia, — Giarre, Aci-
Reale, Ognina, San-Alfeo; — puis, par un
chemin creux et solitaire, on arrive au fameux *châtaignier des cent chevaux.*

Une vieille tradition l'a ainsi baptisé.

La reine Jeanne d'Aragon montait à

l'Etna, escortée de *cent cavaliers*. Surprise
par un orage, elle trouva sous l'ombrage du
châtaignier un abri impénétrable. D'où son
nom. — Aujourd'hui cet arbre ne présente
plus que des débris. Cinq troncs séparés,
d'une hauteur de 25 à 30 pieds, et d'une
épaisseur qui ne dépasse pas celle d'une
forte écorce, s'élèvent sur une circonférence
vide, de 178 pieds. Un feuillage noir et
touffu les couronne chaque année. C'est une
curiosité.

On traverse ainsi les laves du volcan, qui
coupent la route de toutes parts, et, sous
l'orgueilleuse tête de l'Etna, on arrive à
Catane.

Catane est la seconde ville de la Sicile.
Si Palerme est plus grande, plus peuplée,
assise dans une région plus souriante et
plus fleurie, Catane offre un aspect plus

sévère ; — la majesté du volcan, du géant qui la domine, est pour beaucoup dans cette physionomie.

Catane, de plus, est la ville savante de la Sicile. A Palerme on se laisse vivre ; à Catane on vit de la vie de l'esprit, de l'étude, de la science. Les collèges, les académies, les bibliothèques, les musées, — un fameux entre tous, le musée Biscaris, — sont là comme des monuments spéciaux et préférés.

C'est donner une idée succincte des mœurs, des habitudes, des travaux de cette population savante ; toutefois, et avant toutes choses, l'orgueil de Catane, — c'est l'Etna.

XXX.

L'Etna a une hauteur de 3,343 mètres ; il est le volcan le plus élevé de toute l'Europe.

L'Etna comprend quatre régions ou ceintures qui embrassent et enveloppent son corps gigantesque :

La région du *feu*, la région des *neiges*, la région des *bois*, la région *cultivée*.

Soixante-cinq villes ou villages, renfermant trois cent mille habitants, sont attachés aux laves bienfaisantes du volcan.

La région du *feu* est celle où s'ouvre le
grand cratère. Sa bouche est immense.
Sa surface se compose de couches de cendres noires et friables; — sur ses flancs,
des exhalaisons sulfureuses s'échappent en
rendant une odeur insupportable.

Les éruptions qui ont affligé et traversé
ces contrées ne se comptent plus ; leurs
traces se voient partout.

La région des *neiges* est celle qui se
trouve contiguë à celle du feu. Là, une
immense nappe blanche et durcie, un froid
dur, un linceul! — Tout y dort; ni animaux, ni arbres, ni mouvement, ni vie : —
la solitude, le silence!

La région des *bois* est celle qui n'est
qu'une immense forêt, un immense et noir
berceau de verdure. Elle embrasse l'Etna
sur une circonférence de vingt-sept lieues;

elle doit la vigueur de sa végétation aux
vieilles laves vomies des parties supérieures
du volcan. Cette région est parsemée d'une
multitude de petites montagnes couvertes
de sapins, telles que : Fuzara, Nocilla,
San-Leo, Sona, Delmazo, Manfri, Pinitella,
De Faggi, Salmintella, Avoltore, Castel-
lucci, Arso, La Densa, Melia, Tre-Fratri,
Giuseppe, Rosso, Lepre, Rovere, Paparia,
Chiuso, Egitto, Di Maretto, Santa-Maria,
Nero, Di Tre-Fratri, Caldara, Mariano,
Argo, Pelutto, etc., etc. On y respire une
fraîcheur délicieuse.

La région *cultivée* est celle qui forme la
base énorme sur laquelle s'appuie le géant.
Son cercle est de soixante lieues de circonférence.

On pourrait croire que tous ceux qui
vivent là, ces trois cent mille habitants,

n'y vivent que sans cesse inquiets et tour-
mentés du lendemain, en face d'un maître
qui recèle dans ses flancs le feu qui détruit
et qui brûle, il n'en est rien : tous fouillent
avec ardeur et persévérance ce sol de cendres grasses, et nulle part les jardins, les
champs, les vignes ne sont mieux travail-
lés. Là, l'hiver n'est tout au plus que le
sommeil léger et court d'une nature toujours active, et qui, bientôt réveillée au
retour du printemps, couvre de nouveau
cette scène de verdure, de fleurs et de
fruits.

Telles sont les quatre régions du volcan.

On monte ordinairement à l'Etna pour y
voir le lever du soleil; seuls, les intrépides
et dignes y restent jusqu'à son déclin, jusqu'à la nuit. — Voici le spectacle :

9.

LE MATIN.

D'abord tout est encore plongé dans l'obscurité ; c'est la nuit du chaos. Bientôt les premiers rayons du jour commencent à luire.

L'aube a fait disparaître les étoiles. Elle appelle à la vie tous les objets terrestres, qui, peu à peu sortis de leur amas confus, se revêtent de leurs formes naturelles. Cependant le jour, qui s'avance d'un pas majestueux et tranquille, anime tous les objets créés et pare de richesse et de magnificence le grand tableau de la nature. — Ces jeux de la lumière offrent sur l'Etna cette particularité que, tandis que le soleil éclaire successivement une partie de ces contrées, l'autre reste encore couverte par l'ombre *triangulaire*

du géant ; le jour et la nuit sont ensemble.
Bientôt cependant la lumière augmente,
elle épanche son éclat sur la voûte azurée,
puis, retombant sur les flots de la mer, elle
en fait comme un vaste miroir qui reflète,
en mille tons différents, une éblouissante
lumière.

IL EST MIDI.

C'est alors que les rayons du soleil aug-
mentent de force et d'éclat, ne frappent
plus seulement les contours des objets, mais
les pénètrent, les percent, les poursuivent
pour ainsi dire jusque dans les lieux les
plus bas, rappellent la nature à sa forme
et à sa beauté natives, développent toutes
les masses confuses, rendent aux monts
leur aspérité, aux forêts leur coloris som-

bre, aux prairies leurs ruisseaux et leurs
fleurs.

LE SOIR.

A la fin du jour, un éclat plus tranquille
et plus doux répand sur cette scène une
suavité charmante, et, prêts à disparaître,
les rayons du soleil viennent dorer encore
le front orgueilleux du géant.

LA NUIT.

Enfin, lorsque la nuit couvre notre terre
des ténèbres les plus épaisses, la scène, pour
être changée, n'en est pas moins sublime.
Concentrée dans un seul objet, la réflexion
ne se porte alors que sur l'Etna même, et
l'esprit demeure comme interdit en interro-

geant la nature, qui, dans cette fournaise immense et souterraine, travaille depuis une époque que l'homme n'a jamais connue !

Tels, le jour et la nuit sur l'Etna.

La vue du haut de son cône est certainement sans pareille.

A l'est, le soleil sort de l'Adriatique, tout l'horizon s'embrase, l'incendie vient rouler ses feux jusque sur l'Etna ; — au loin, le détroit de Messine, la ville et ses clochers, la Calabre et ses rochers sauvages ; — en bas, Catane se baigne dans la mer ; — plus loin, la côte d'Agosta, Syracuse, la pointe du cap Passaro, Alicata, la mer d'Afrique, et, au fond, une petite tache noire : — Malte.

Aux pieds, les forêts de l'Etna, les soixante-onze montagnes qui s'élèvent sur ses flancs et se confondent avec lui, puis la plaine de Catane, qui n'est plus qu'une carte verdoyante sur laquelle l'œil embrasse à la fois tous les vivants de cette terre fécondée, tous les contours du fleuve ; la Giaretta, tous les ruisseaux argentés qui s'y jettent.

A l'ouest, la chaîne des Nébrodes, le pittoresque val de Noto, la Méditerranée, toute la côte septentrionale de la Sicile, le rocher de Céfalu.

Telle est la vue qu'on a du haut de l'Etna, telles sont les merveilles que le voyageur va y chercher et y trouver.

XXXI.

Après avoir visité Catane, la première pensée de M. de Reuilly avait été évidemment pour son ascension au célèbre volcan. Une femme n'est guère faite pour une course de dix-huit à dix-neuf heures, à travers des fatigues et des épreuves qu'elle supporterait difficilement. Madame de Reuilly resta donc à Catane, et M. de Reuilly se disposa à y monter seul.

Il était nécessairement accompagné de ses deux fidèles guides, qui — nous l'avons dit — depuis Naples ne l'avaient point quitté. Muni des vêtements nécessaires dans ces brusques changements de température, et de quelque argent en cas de besoin, il partait donc un matin sur des mules, escorté de ses deux guides, et arrivait bientôt au village qu'on appelle Nicolosi.

Nicolosi est le village où s'arrêtent les voyageurs avant de monter. C'est un grand village, au sud même du cône; on y trouve un fort bon gîte.

De Nicolosi, nos voyageurs traversent en entier la région cultivée, à travers mille accidents gracieux de terrains et de cultures, et, déjà fatigués de cette journée, ils touchaient à la lisière de la forêt, lorsque, arrivés en vue d'une sorte de grande ruine, les guides demandèrent à M. de Reuilly s'il ne voudrait point s'y reposer.

« C'était, lui dirent-ils, le couvent de San-Nicolo des bénédictins de Catane; on y trouvait le meilleur accueil. »

M. de Reuilly consentit, et on arriva à la porte du couvent.

L'aspect en était sombre; les murs dégradés, couverts de lierres et de mousse; le clocher, comme percé à jour par le temps; et, au moment où les guides élevèrent la voix en disant : *C'est ici*, un énorme chathuant s'envola, agitant ses grandes ailes noires et perçant l'air d'un cri rauque. M. de Reuilly en fut comme épouvanté.

La porte du couvent était fermée. Elle était massive, traversée par de larges et fortes bandes de fer à gros clous rouillés et pointus. Au-dessus de cette porte s'ouvrait une large meurtrière.

A gauche de la porte pendait une grosse

chaîne en fer; c'était la sonnette. Le guide
tira, la sonnette retentit; un long et étrange
tintement frappa les échos d'alentour, et
une grosse voix, partie du dedans, dit en
mauvais italien : « Qui êtes-vous? que vou-
lez-vous?

— Nous sommes des voyageurs qui
demandent l'hospitalité, répondit le guide;
ouvrez-nous !

— Je vais demander au prieur », répondit l'homme du dedans. — Quelques mi-
nutes après, il ouvrait la porte.

Ce moine, ce bénédictin avait une grande
figure maigre, presque ascétique ; son regard était fixe et profond, sa barbe très
noire et en désordre ; une robe brune de
capucin et une ceinture de cuir au milieu
du corps, tel était son habit.

M. de Reuilly fut d'abord quelque peu

étonné de ce costume, qui n'était point celui des bénédictins, mais on lui dit que les bénédictins avaient été récemment remplacés par des trappistes, et il n'y vit rien que de très simple.

Les bagages déchargés furent immédiatement apportés dans une des pièces du couvent, les mules menées dans une mauvaise écurie, et on avertit M. de Reuilly, laissé seul dans une grande salle nue, qu'on allait prévenir le vénérable prieur.

Bientôt après, en effet, arriva dans cette salle un homme à barbe grise, grand, solennel, vêtu comme l'autre d'une robe de capucin, avec cette différence qu'il portait au cou une croix d'or, attachée à un large ruban.

Le bon père souhaita la bienvenue à son visiteur, lui dit que l'hospitalité qu'il récla-

mait lui était accordée d'avance ; seulement
il s'excusa de ne pouvoir lui faire le même
accueil que dans le couvent de *la Plaine;*
le couvent de la montagne n'étant pour
eux qu'un séjour provisoire et d'été ; « cependant, ajouta-t-il, nous ferons de notre
mieux. »

L'heure étant avancée, on allait souper.
Le prieur alors quitta son hôte ; il allait,
dit-il, donner quelques ordres pour qu'il
fût ajouté quelque chose de plus digne de
son visiteur, et il le laissa aux mains de ses
deux guides, qui s'occupèrent à lui prépa-
rer, du mieux qu'ils purent, la cellule où il
devait coucher.

Au bout d'une demi-heure, le souper
était prêt. Le vénérable et son saint acolyte
vinrent ensemble prendre M. de Reuilly
pour l'accompagner au réfectoire.

Le réfectoire du couvent était une pièce longue, obscure ; une vieille tapisserie, dont on distinguait à peine les couleurs, prouvait que ce réfectoire avait vu passer dans ses murs une longue génération de moines. Au fond de la salle, un énorme crucifix en bois noir était presque en entier couvert de toiles d'araignées.

La table était au milieu. C'était une table longue, étroite. La nappe était blanche, des plats et des assiettes en faïence, et nonobstant cet aspect pauvre et désolé fumait dans ces plats un repas qui avait assez bonne apparence et une excellente odeur. Du gibier, de la volaille, des fruits, des oranges et du laitage, tel était ce repas ; des flacons remplis des vins aux couleurs dorées de ces contrées figuraient sur la table en grand nombre. Les moines passent

. pour de grands buveurs, M. de Reuilly ne s'en étonna point ; d'ailleurs, cette première journée passée à travers les accidents de cette vaste région avait aiguisé les appétits. On se mit à table ; trois couverts : le révérend, son acolyte et M. de Reuilly. Derrière eux, ses deux guides, qui servaient et qui n'avaient point quitté leur cher maître.

Le repas fut gai, libre, plus libre même qu'on ne devait s'y attendre de la part d'un austère moine ; toutefois M. de Reuilly ne s'en étonna point. Il avait entendu maintes fois parler des libertés grandes, habituelles aux moines italiens, et surtout de leur intempérance ; il ne crut donc mieux faire qu'en répondant à leur accueil, en leur tenant tête. Les bouteilles succédèrent aux bouteilles, les santés aux santés ; on but à toutes les santés, au voyageur, à sa famille, au révérend, à la communauté, puis au supérieur de l'ordre, puis à notre saint-père le Pape, puis au roi, puis au gouverneur de Catane, puis au bon Dieu ; puis, quand on eut ainsi bu à la santé de tout le monde, les dires, les conversations, les rires s'évanouirent peu à peu, un long silence se fit, et M. de Reuilly tomba sur la table, endormi !

Ce n'était point endormi qu'il était, ce n'était point dans un couvent qu'il était, ce n'était point un révérend qui l'avait reçu, ce n'étaient point deux guides qui l'avaient accompagné de Naples à Catane, de Catane à Nicolosi, de Nicolosi au vieux couvent ; — tout cela était le plus audacieux guet-apens qui ait jamais été tendu à des voyageurs.

XXXII.

Nos deux guides étaient deux voleurs; affiliés à une bande, ils raccolaient partout les voyageurs de bonne apparence, les suivaient et les amenaient dans leurs cavernes.

Le couvent de San-Nicolo était l'une de ces cavernes. Abandonné depuis longtemps, il n'était habité que le jour où il y avait une bonne prise à faire, un bon voyageur à dépouiller.

Le révérend père à barbe grise et à croix d'or n'était autre que le chef de la bande;

son acolyte à barbe noire était son com-
plice ; en un mot, c'est dans une caverne
de voleurs que M. de Reuilly avait été
amené, dépouillé et retenu.

Cependant, dès le lendemain du départ
de M. de Reuilly, sa femme, qui était restée à Catane, ne le voyant point revenir,
s'était inquiétée et avait envoyé un exprès
à Nicolosi pour avoir des nouvelles.

On lui fit répondre qu'en effet un voyageur et deux guides avaient couché à Nicolosi, que le lendemain ils étaient partis
tous les trois pour monter à l'Etna; que
depuis on n'avait pas entendu parler d'eux.

Cette réponse ne disait rien. On s'in-
quiéta, on s'alarma, la police et la force armée de Catane furent immédiatement en-
voyées sur les lieux ; on monta, on fouilla.
Le couvent était désert ; on trouva seulement

10

dans un coin du réfectoire, sous une chaise, la barbe grise, la fausse barbe du prieur, rien de plus.

On alla aux environs, on fouilla toutes les cabanes, et on apprit bientôt, par un pâtre qui, la nuit, avait mené ses moutons reposer dans les environs du couvent, que, cette même nuit, il avait vu passer deux hommes habillés comme des paysans de la montagne. Ils conduisaient au milieu d'eux un homme, les mains attachées derrière le dos ; il avait sur les épaules un caban de pêcheur, et sur la tête un bonnet rouge du pays. Ces deux hommes précipitaient leurs pas, parlaient entre eux, menaçaient leur prisonnier, qui se refusait à avancer, et juraient par tous les saints du paradis.

Tels étaient les renseignements. On a de-

viné d'avance ce que dut penser madame de
Reuilly à ce lugubre récit. Dès lors, cette
nouvelle se répandit dans la contrée ; un
voyageur avait été enlevé, une bande de
brigands était dans les forêts de l'Etna.
Chacun s'arma et veilla.

Madame de Reuilly alors, certaine de
l'enlèvement de son mari, devint comme
folle de terreur. Elle s'adressa à toutes les
autorités du pays, au gouverneur de Catane, et il lui fut donné le conseil de partir
immédiatement pour Messine et Naples ;
sa présence en Sicile, après un semblable
événement, pouvant être dangereuse.

Madame de Reuilly alors quitta aussitôt
Catane, gagna Messine, et là, trouvant un
vapeur pour Naples, elle s'y jeta.

Aussitôt arrivée, sa première pensée
avait été pour M. de Simors. -- M. de Simors

seul, comme autrefois, comme toujours,
pouvait la conseiller, la diriger, lui venir
en secours, la tirer de cette affreuse aventure, lui rendre son mari. Elle lui écrivit
immédiatement cette dépêche :

« Il y va de la vie de mon mari et de la
mienne ; arrivez aussitôt. Naples, hôtel
Grande-Bretagne.

« CATALINA DE REUILLY. »

M. de Simors, qui était à Paris bien tranquille sur le sort des deux époux, dont il
avait eu des nouvelles de Catane peu de
temps auparavant, se sentit comme frappé
de la foudre, quand il reçut cette dépêche.
Qu'était-il arrivé? quel danger menaçait la
vie des deux époux? Sans pouvoir se répondre à lui-même, il n'écouta que son
cœur, partit immédiatement, et, quelques

jours après, il était à Naples auprès de madame de Reuilly.

Comment la trouva-t-il? On le devine : sans voix, sans âme, le visage inondé de larmes, consternée.

Après la première émotion, elle lui conta tout, tout ce qu'on savait à Catane et déjà à Naples : le départ de son mari avec les deux traîtres de guides, puis le faux couvent de l'Etna, puis la disparition de son mari, emmené par les deux brigands ; les deux guides s'étaient enfuis ; enfin, ce que tout le monde savait ; — mais ce que tout le monde ne savait pas, c'était un détail, un détail affreux, qu'elle seule connaissait depuis quelques heures seulement et qu'elle n'avait voulu dire à personne, un noir secret.

La veille même de l'arrivée de M. de

10.

Simors, un inconnu avait déposé chez elle
une lettre, un billet, sur du mauvais papier
jaune, d'une écriture vulgaire, sans ortho-
graphe, avec une croix pour signature.
Cette lettre disait :

« Si vous voulez revoir votre mari, dé-
posez dans vingt jours, un jeudi, à minuit,
derrière l'église de Patti, dans la cabane en
bois, la somme de 50,000 francs ; sinon
il sera fusillé. N'essayez point d'avertir la
police, le soir même *vous* seriez poi-
gnardée. »

✝

Telle était l'affreuse menace qui pesait
sur les deux malheureux époux : le fusil et
le poignard !

Que faire ? que décider ? — Si on refusait.

M. de Reuilly était mort ; — si on avertissait
l'autorité, tous les deux étaient assassinés ;
dans tous les cas, même danger, même
douleur, même catastrophe !

Après un long silence, une longue réflexion, M. de Simors trancha la question.
Il fallait, pour sauver M. de Reuilly, tout
faire et tout taire, c'est-à-dire aller payer
les 50,000 francs. La somme n'était qu'un
accessoire, on se la procura, et M. de Simors partait le lendemain pour Patti, muni
du portefeuille qui la contenait.

XXXIII.

Patti est un petit bourg, situé au bord de la mer, du côté de la Sicile opposé à Catane. Il y a là un petit port ; c'est une population de pêcheurs.

Au jour indiqué, M. de Simors était arrivé dans cette bourgade.

Aller ainsi seul, la nuit, à minuit, muni d'une semblable somme, la déposer dans un lieu convenu et fixé par des brigands ; c'était un danger d'autant plus grand qu'il pouvait être pris lui-même, avec sa somme,

retenu pour otage et taxé à la même rançon ;
ainsi les brigands eussent gagné 100,000
francs au lieu de 50,000. M. de Simors,
passant sur ce danger, si grave cependant,
n'écouta que son courage. Il avait com-
battu côte à côte avec M. de Reuilly, au
siège de Paris ; il exposa de nouveau sa vie
pour sauver son ami. Donner d'une main
quelque argent, recevoir de l'autre le prisonnier, tel était l'accord, telle devait être
l'action.

Seul donc, au jour indiqué, à l'heure
indiquée, derrière l'église, dans la cabane
en bois, M. de Simors déposait la somme.
Seul, il vit celui qui, déguisé, un masque
sur la figure, lui amena M. de Reuilly ;
seul, il le reçut dans ses bras. Des deux
côtés, la convention fut ainsi loyalement
exécutée, et c'est une remarque au moins

étrange à faire que dans tous les cas semblables, où les nobles brigands italiens ont
eu à fixer des rançons contre remise de
leurs prisonniers, ils n'ont jamais trahi leur
parole.

Nos deux amis rejoints et revenus à
Naples, on laisse à penser ce que put être
l'arrivée du prisonnier dans les bras de sa
femme ; on laisse à penser

De combien de plaisirs ils payèrent leurs peines !

XXXIV.

On sut alors de M. de Reuilly ce qui
n'était point, ce qui n'était plus un secret.
On sut comment, au souper du couvent, le
révérend prieur avait versé dans le vin de
son hôte une poudre narcotique ; comment
le pauvre M. de Reuilly s'était réveillé face
à face avec les deux brigands, les deux
faux trappistes de San-Nicolo, alors sans
robe et sans barbe ; comment ils avaient
affublé M. de Reuilly des vêtements d'un
paysan ; comment, les mains liées, on l'a-

vait d'abord comme perdu à travers les forêts de l'Etna ; comment, enfermé le jour dans quelque cabane isolée, on avait repris la marche la nuit ; comment enfin, après trois jours ou plutôt trois nuits de marche, M. de Reuilly était arrivé à sa destination, les yeux bandés.

Là, les mains déliées, et le bandeau des yeux retiré, il s'était trouvé en présence d'un homme à haute stature, poli du reste, qui lui avait annoncé qu'il serait traité avec tous les égards dus à un grand seigneur français, de son rang.

M. de Reuilly, par le portefeuille qu'on avait trouvé sur lui et qui contenait une foule de notes, de lettres, de cartes, de comptes et de carnets de chèques, n'était déjà plus inconnu pour ce chef, qui ordonna, d'une voix à laquelle il semblait qu'il n'y eût point de réponse, que son hôte reçût, durant son séjour, tous les soins auxquels il avait droit.

M. de Reuilly raconta, en effet, comment il fut traité durant ce triste séjour, au milieu de ces hardis brigands.

Le repaire qu'ils habitaient était comme plusieurs grottes creusées dans le roc, et communiquant les unes avec les autres par des sortes d'arcades naturelles. La porte, l'entrée de ces grottes était dissimulée par des buissons et des arbres touffus. Au dedans, l'établissement était complet, comme celui de militaires en campagne. Rien n'y manquait : beaucoup d'armes soigneusement entretenues, beaucoup de munitions sévèrement gardées ; — une sorte de salle commune, comme un corps de garde, pour les soldats, les simples brigands ; —

11

une autre pièce, moins vaste, pour ceux qu'on
appelait les officiers; — puis, dans le fond,
une pièce principale, un salon pour le chef.
Là, une table, sur laquelle une foule de
lettres, de cartes, de journaux, deux pisto-
lets chargés et reluisants : la tente d'un
général en chef.

Dans une sorte d'enfoncement obscur,
l'écurie, quelques mules et quelques chevaux caparaçonnés et pomponnés à la mode
sicilienne.

Les mules paraissaient destinées à aller
chaque jour aux provisions ; car chaque
jour, dans quelque bourg ou village dans
lequel on avait ses confidents et peut-être
ses complices, on allait chercher ce qu'il
fallait, et on le payait comptant. C'était le
brigand-chef qui, chaque matin, comptait
la somme en beaux écus et la remettait au

pourvoyeur ; — c'est dire que, dans cette contrée, la moitié des habitants, de peur de dures représailles, étaient d'accord avec les voleurs.

La chasse fournissait, à son tour, quelque gibier. Elle est, dans ce pays accidenté, assez abondante : les perdrix, les lièvres sortent de toutes parts, et ils sont excellents ; c'est, du moins, ce que disait M. de Reuilly, qui, dînant à la table des officiers, trouvait cette cuisine vraiment très bonne.

M. de Reuilly, qui était à cette époque le seul prisonnier, passa donc ainsi, dans cette agréable caverne, près de trois semaines, lorsqu'un jour le chef lui annonça qu'il allait être conduit, les yeux bandés, par un des siens, à un certain endroit, où il trouverait une surprise : la délivrance !

Ce fut ainsi que, conduit par un des vo-

leurs déguisé à Patti, M. de Reuilly y avait
trouvé son ami, et, après la rançon payée,
avait recouvré sa liberté.

Le secret sur la caverne où il avait été
retenu, il ne pouvait le révéler : il ne le
connaissait point. L'homme qui l'avait
remis, à Patti, entre les mains de M. de
Simors, il ne le connaissait point, pas plus
que M. de Simors ne connaissait la main
qui avait reçu la rançon. Seule, la cabane
en bois de Patti était connue, mais elle ne
menait à rien.

Des deux côtés donc même secret, secret
qui jamais n'a été trahi ni découvert.

XXXV.

Après une si douloureuse aventure, on a compris que le séjour de Naples et celui même de l'Italie ne pouvaient être d'un grand attrait pour nos pauvres voyageurs, et ils se seraient immédiatement mis en route pour la France, si un événement d'une tout autre nature ne les avait retenus encore quelques mois à Naples. Madame de Reuilly venait de mettre au monde la plus délicieuse fillette qu'une mère ait jamais rêvée. On lui avait donné pour nom celui de la ville où elle était née, *Napolis*, et pour nourrice une grande et belle contadine de Castellamare. Le soir, par ces délicieuses brises embaumées que connaît seule la Méditerranée, lorsqu'on voyait passer sur la *Chiaja* cette heureuse mère et son enfant, on eût dit voir passer le bonheur sur la terre, — ce bonheur qui devait durer si peu!

Ce ne fut donc que plus tard que notre jeune famille, toujours accompagnée de l'inévitable et fidèle CALCHAS, avait regagné Paris et s'était réinstallée dans le royal hôtel du faubourg Saint-Honoré.

L'hiver se passa comme les précédents. On savait en gros l'histoire de M. de Reuilly, son arrestation par les brigands, sa détention, les conditions de sa rançon qu'on portait, comme toujours, au double, au triple, au quadruple de son chiffre ignoré; on savait la naissance de ce petit amour au milieu de cette tragédie, le nom qu'on lui avait donné en souvenir de Naples. Tout cela et mille autres racontars suffisent à Paris pour être, un jour au moins, l'objet de la curiosité publique, le lion du jour; puis une autre aventure arrive, et tout est oublié !

Madame de Reuilly y continua ses bonnes et agréables relations, son salon devint l'un des premiers, des plus agréables, des plus spirituels; on se disputait l'honneur d'en être, et on continuait ainsi tranquillement cette bonne vie, l'hiver à Paris, l'été dans le château paternel de Bourgogne, lorsque, vers le commencement de 1875, M. de Simors annonça qu'il croyait avoir enfin trouvé, après beaucoup de recherches, la terre que M. de Reuilly désirait acquérir.

Les conditions étaient, on se le rappelle :
deux heures de Paris, bonne situation, bon
voisinage, de grands bois de chasseur ;
quelque chose de vaste, de grand, de con-
fortable, d'agréable. Tout cela avait été
trouvé par M. de Simors dans un des plus
jolis sites de la bonne Champagne.

XXXVI.

Sur les bords de la Marne, à une portée de fusil de la patrie du bon La Fontaine, — de la petite ville de Château-Thierry, — était le château d'Étampes.

Bâti par Mansard, ce grand château, flanqué de deux ailes carrées, présentait une façade à deux étages, percée de quinze fenêtres. Cette façade, en belles pierres blanches, avec ses grands toits en ardoises bleues, était du plus noble aspect.

L'intérieur était royal : vastes anticham-

11.

bres, trois grands salons, bibliothèque, billards ; puis tout le confort des appartements intimes. Au premier et au second, toutes les chambres à donner. Les serres, les dépendances, écuries, remises, etc., étaient admirables. Comme il y avait longtemps que, par suite d'un deuil, le château d'Étampes n'avait été habité, il y avait, sous une multitude de détails, presque tout à refaire ou à créer, comme mobilier et installation mieux appropriés aux mœurs du jour et aux exigences de la mode.

Le parc qui entourait le château était admirable ; tout entier clos de murs, il renfermait la plus belle futaie d'arbres séculaires. L'avant-cour surtout, plantée d'énormes marronniers qui dataient de Louis XIV, était une des curiosités à vingt lieues à la ronde. C'est sous ces noirs et

épais ombrages que se donnaient toutes les
fêtes du village, qu'on dansait à tous les
mariages des bons Champenois. Dans ce
parc, largement dessiné à l'anglaise, des
prairies immenses, une claire rivière aux
contours naturels et pittoresques ; partout
une multitude de sentiers, d'allées, d'où
une échappée toujours nouvelle. — De la
grande terrasse du château, la vue de qua-
torze villages, à moitié perdus dans la verdure ; puis, vis-à-vis, en amphithéâtre, la
petite ville de Château-Thierry, avec ses
églises, ses clochers, ses maisons joyeuses,
et, à ses pieds, le long ruban argenté des
eaux tranquilles de la Marne : — tel était ce
ravissant panorama ! tel était ce château
d'Étampes qui venait d'être acheté par
M. de Simors, pour M. de Reuilly, au baron
de N...

Les bois qui formaient le complément de
la terre étaient des plus étendus. Ces forêts, percées par de longues allées droites,
entretenues à merveille, avaient autrefois
appartenu à l'État. Elles étaient d'un grand
rapport et d'un grand prix. Pour un chasseur comme M. de Reuilly, jamais rencontre plus heureuse. Le gibier, tous les
gibiers y abondaient, et M. de Reuilly, qui
était aussi bon chasseur que bon écuyer,
se proposait d'y avoir de ces fameuses
chasses aux intrépides chevaux, aux habits
rouges, aux grandes sonneries de trompes
et aux grandes meutes, qui mettent tout en
émoi, depuis les rabatteurs jusqu'aux che-
vreuils, sangliers, cerfs et lapins.

On prit donc nominalement possession
du château d'Étampes vers le commencement du printemps de 1875 : seulement

comme il y avait longtemps qu'il n'avait été habité, tout ou presque tout à l'intérieur était à créer.

Cette délicate affaire paraissait encore devoir être celle de M. de Simors. Depuis la catastrophe de Sicile, M. de Reuilly paraissait moins disposé que jamais à prendre une initiative quelconque. Madame de Reuilly, devenue d'une santé délicate, donnait toutes ses forces et toutes ses joies à sa charmante petite *Napolis,* et, encore une fois, le ménage s'en remettait absolument à son CALCHAS, pour tout ce qu'il y avait à faire dans le nouveau château d'Étampes.

M. de Simors, qui déjà, dans l'hôtel du faubourg Saint-Honoré, avait si bien donné la preuve de son talent, n'eut point de peine à se remettre à l'œuvre, et, changeant de plan comme il changeait de goût; à la place

du vieux château du dernier siècle, il créait
en peu de mois quelque chose de frais, de
jeune, de riant et de simple. Transporter à
la campagne les ors, les satins et les airs
de Paris eût été un contresens, dans lequel il se fût bien gardé de tomber ; — des
étoffes simples, fraîches, des meubles de
bon et simple goût, un ensemble harmo-
nieux et sans prétention, tel fut le mobilier.
Bref, au commencement de 1876, le château d'Étampes renaissait, ses larges fenêtres se rouvraient aux vives lumières du
plus beau ciel ; dans ses serres, dans ses
parterres, dans ses massifs, sur ses verts
gazons, une multitude de fleurs, de plantes,
de roses de toutes couleurs et de toutes
odeurs, un paradis enfin : celui qui, hélas!
ne devait être que trop tôt désolé par la
plus terrible des catastrophes !

Ici, en effet, commence ce que l'on pourrait appeler le roman de cette tragique histoire.

XXXVII.

M. et madame de Reuilly, bientôt après
leur installation, commencèrent leurs visites
de voisinage. Cette petite vallée des bords
de la Marne renferme, dans une longue
étendue, une foule de châteaux, de villas,
de maisons de campagne ; les châteaux de
Varennes, de Chierry, de Condé, de Nesles,
du Charmel ; tous et toutes étaient habités
par des personnes du monde, du monde de
. Paris surtout, qui, vu le peu de distance de
la capitale, venait à loisir y passer les étés

et même plus. Les relations à nouer avec
ce voisinage étaient donc de celles qu'on
prise à la campagne surtout, où le voisinage est un besoin, quand il n'est pas un
plaisir, quand il n'est pas plus encore !

Après ces premières visites, immédiatement rendues, le château d'Étampes était
donc devenu le rendez-vous préféré de tout
ce que le voisinage comptait de jeune, de
gai, de sociable, d'animé. A Étampes, on
trouvait bon accueil, table excellente (ce
qui, à la campagne, n'est point à dédai-
gner) ; puis, pour les chasseurs, des bois
superbes ; puis, pour tous et toutes, une
charmante maîtresse de maison, qui mettait
tout le monde à son aise, souriait à tous,
et qui, excellente musicienne, chantait
volontiers avec ceux ou celles qui avaient
le même goût. On allait chez les Reuilly

comme on va à une fête, et, de Paris aussi,
il y avait chaque jour de nouveaux arri-
vants. Le château, qui était grand, pouvait
donner asile à tout le monde, et tout le
monde en abusait.

La vie des champs se passait donc ainsi,
dans ce calme charmant d'une adorable
nature, lorsque madame de Reuilly apprit,
par hasard, que près du château, dans une
petite maison, un petit pavillon séparé du
parc seulement par un chemin, dans un
pavillon appelé *Varolles,* vivait seule une
personne, une jeune femme de sa nation,
une Espagnole. Aucun autre renseignement,
sinon que cette personne était arrivée là
depuis peu, qu'elle y vivait seule, dans
une certaine aisance, qu'elle sortait souvent
à cheval, qu'elle ne recevait personne, mais
que quelques lettres de Madrid lui arri-

vaient parfois par le facteur. On l'appelait *Madame Albert*. Rien de plus, rien de moins.

Madame de Reuilly, qui, on le sait, était Espagnole, se sentit dès l'instant comme possédée du vif désir de voir une compatriote. A Madrid, comme partout, la société peut avoir ses classes, ses rangs et ses salons séparés ; à l'étranger, une Espagnole ne connaît plus ces différencès : on se voit parce qu'on est du même pays, parce qu'on parle la même langue, et que parler la même langue, c'est presque retrouver la patrie ; — on se voit parce qu'on évoque les souvenirs, sinon des mêmes personnes, du moins des mêmes lieux, du même ciel, le ciel du pays.

M. et madame de Reuilly n'hésitèrent donc point, et, le lendemain, ils sortaient à pied par la petite porte qui donnait sur le chemin, le traversaient et arrivaient chez leur voisine.

Madame Albert, contrairement aux personnes de son pays, était blonde comme les blés, ses longs cheveux ondulés flottaient sur ses épaules, ses grands yeux noirs étaient tendres et tristes comme s'ils avaient l'habitude de pleurer, sa bouche fraîche et jeune s'ouvrait sous des lèvres roses et sensuelles, son teint était pâle. Dans ses veines, d'une incomparable transparence, on voyait presque couler le sang, qui parfois donnait à son visage quelque chose de mâle et de fier ; ses mains étaient petites, ses pieds plus petits encore. Elle avait la taille fine, cambrée, élégante. Tout enfin, dans ce visage et ce corps, respirait une nature élevée, distinguée, romanesque même.

Toutefois, à travers cette sorte de dou-

ceur répandue sur toute sa personne, on
pouvait apercevoir à certains moments, à
certaines inflexions de sa voix, à certaine
expression de ses grands beaux yeux, que,
dans cette nature, il y avait en même temps
un sentiment de volonté, de décision, de
courage. Alors, son geste bref, son regard
froid révélaient comme un dévouement absolu à une idée, à un devoir, à une passion.
Quand elle parlait de son pays, elle semblait comme inspirée.

La première visite fut des plus affec-
tueuses, surtout entre les deux femmes.
Mille questions, auxquelles il ne fut répondu
qu'évasivement, furent faites. Madame Albert était veuve, sans enfants, voilà tout ce
qu'on sut. On se promit donc de se voir
souvent. On n'en savait pas davantage sur
la jolie voisine.

Quelle pouvait bien être cette jolie veuve?
d'où venait-elle? pourquoi avait-elle choisi
la France pour asile? qu'était-elle? qu'était
son mari? Il y avait là-dessous, sur cette
mystérieuse existence, quelque grand secret
qu'il fallait à tout prix découvrir.

Les rapports de bon voisinage continuèrent toutefois, tout aussi vifs, tout aussi fréquents, tout aussi sympathiques que si l'on
savait qui on était; cependant la curiosité
s'aiguisait chaque jour davantage. M. de
Reuilly, qui avait trouvé sa voisine charmante, fut celui qui se chargea d'essayer
de percer ce gros nuage.

Devait-il engendrer la foudre? C'est ce
qu'on va voir.

Avoir à la campagne, près de soi, tous
les jours, à chaque heure du jour, une jolie
voisine est peut-être la chose la plus dan-

gereuse qui soit au monde. Dans une ville,
à Paris, on peut bien se chercher, se re-
chercher, se rencontrer; mais, là, mille
soins divers, mille occupations, mille affaires viennent incessamment vous distraire;
là, tout est pressé, calculé, factice; les
longues causeries sont ignorées; la nature
elle-même, celle de l'esprit comme celle du
cœur, est une nature attifée, pomponnée,
enrubannée. On n'a le temps de rien.

A la campagne, aux champs, rien de ces
inévitables distractions. Là, on vit du même
air, du même ciel, de la même solitude; là,
les pensées sont les mêmes, les impressions
les mêmes. C'est sous le même rayon de
soleil qu'éclosent et naissent les douces
sympathies, les grandes amitiés; — la vie
tout entière semble comme un partage!

Mais, si de cette vie à deux, de cette vie

partagée naît un autre sentiment, l'*amour*,
alors que de choses il vous révèle que vous
ignorez à la ville !

A la ville, vous savez peut-être ce qu'est
celle que vous aimez, lorsque vous la voyez
dans sa calèche, dans sa loge, au bal, entourée, fêtée, enviée, désirée, volée par
tous ; — ce qu'est celle que vous aimez,
lorsque, de vos yeux jaloux, vous la suivez
partout ; à la valse dans les bras d'un autre,
au cotillon dans les bras de tous ; — à la
ville, vous savez peut-être ce qu'est un sourire dérobé, un fugitif serrement de main,
l'heure du rendez-vous, le sofa du boudoir, le serment précipité du boudoir, le
baiser distrait du boudoir !

Mais ce que vous n'avez jamais su, —
profanes que vous êtes, — c'est l'amour aux
hamps, l'amour près de celle qui vit, res-

pire, pense et rêve auprès de vous, — l'amour que rien ne distrait ou n'altère. Ce que vous ne savez point, c'est, ensemble ou à deux pas l'un de l'autre, — la nuit aux douces étoiles, — l'oiseau qui chante dans son nid, — l'abeille qui butine la rose, — ce sont les bruits amoureux de tout ce petit monde d'insectes qui, le soir, bourdonne dans les herbes, — ce sont ces mille parfums des champs qui vous pénètrent et vous enivrent!

Ce que vous ne savez point, c'est, à l'heure du rendez-vous, le frôlement de sa robe; — c'est, sur le sable de l'allée, le bruit de sa petite bottine adorée!

Non, à la ville, vous ne saurez jamais rien de ces longs regards, de ces longs silences, une des pudeurs de l'amour! — rien de ces longs et divins baisers, de ces longues et divines et insatiables voluptés sur le banc de bois des amoureux !

L'amour, sous les yeux discrets de la nature, sous les effluves d'un air tiède et embaumé, peut seul vous donner de semblables ivresses !

C'est sous ces mêmes ombrages peut-être, sur ce même banc des amoureux que La Fontaine avait dit :

> J'ai quelquefois aimé : je n'aurais pas alors
> Contre le Louvre et ses trésors,
> Contre le firmament et sa voûte céleste
> Changé les bois, changé les lieux
> Honorés par les pas, éclairés par les yeux
> De l'aimable et jeune bergère
> Pour qui, sous le fils de Cythère,
> Je servis, engagé par mes premiers serments !

De ces serments, de ces amours à la campagne, pour deux jeunes voisins, un grand bonheur ou un grand malheur ! — quelquefois les deux.

XXXVIII.

M. de Reuilly, poursuivant avec une sorte de ténacité, par un motif ou un autre, son but, celui de savoir qui était *madame Albert*, s'était donc fait son plus fidèle habitué.

Une visite, à la campagne, à une jolie voisine, est chose à laquelle on s'habitue bien vite. — Pour les deux, c'est l'heure attendue : lorsqu'elle manque, la journée est manquée. Ainsi et quelquefois le voisinage a commencé l'amour !

Pour les deux voisins, l'habitude de se
voir chaque jour devint donc bientôt plus
qu'un besoin. — Que pouvait bien avoir
à dire à une inconnue, à une étrangère,
tombée comme des nues dans un pays
qu'elle ne connaissait point, — dans lequel
elle ne connaissait personne, — celui qui
ne manquait pas une journée sans la voir?

Les premiers jours, on pouvait penser
que la curiosité était le seul sentiment qui
inspirait M. de Reuilly. — En effet, de
combien de ruses, de subterfuges ne se
servit-il pas pour essayer de percer le
mystère? Mais le mystère restait impénétrable. La jeune Espagnole, toujours armée
en guerre, n'exposait ni un geste, ni un
air, ni une parole; — froide comme la
statue de marbre, — impénétrable comme
le sphinx, — tous les coups échouaient.

L'amitié, l'intérêt, la sympathie étaient impuissants ; — un autre sentiment le sera-t-il ? Là était l'épreuve, — là commence le roman.

Et, d'abord, risquer toute sa vie, — le bonheur de toute sa vie, — pour une autre femme que la sienne ; — aimer, aux côtés mêmes d'une épouse qui l'adorait, une autre femme ; était-ce bien dans l'esprit, dans le cœur, dans la nature de M. de Reuilly ?

Mon Dieu ! M. de Reuilly, avec ses apparences froides et insensibles, n'avait-il pas déjà donné à son ami CALCHAS certaines craintes ?

Lorsqu'il était blessé, à l'ambulance du Théâtre-Français, lorsqu'il était soigné par sa jolie infirmière, Sarah, que s'était-il passé dans ce pauvre cœur ? — Dans toutes ces longues causeries du lit de l'hôpital,

12.

que s'étaient-ils dit? — A leur séparation, pourquoi ces larmes s'étaient-elles échappées des yeux des *deux blessés?* — Étaient-elles seulement des larmes d'amis? M. de Reuilly, en un mot, avait-il aimé Sarah? — avait-il été aimé d'elle? Hélas! à ce moment, CALCHAS n'avait-il pas déjà conçu sur la fidélité de son ami certains doutes? et aujourd'hui l'abîme ne s'était-il pas déjà rouvert devant ce faible et coupable cœur? Tout semblait le présager.

En effet, les visites à la jolie voisine ne devinrent chaque jour que plus fréquentes. — Si, dès les premiers jours, on ne s'était vu qu'une fois, bientôt une fois n'avait plus suffi. — C'était à chaque heure, à chaque moment qu'il fallait envoyer, porter soi-même, au cottage de Varolles, soit un livre, soit un journal, soit une lettre; —

puis, ce qui tendit à rapprocher plus encore les deux voisins, ce fut un goût com-
mun.

Madame Albert, avec sa jolie taille, était
une écuyère consommée. — Habituée, dès
son jeune âge, à monter en Espagne les plus
fins chevaux andalous, elle avait chez elle une
fort jolie bête qu'elle montait souvent seule
à travers les bois et les prés de cette ravis-
sante vallée. — M. de Reuilly, lui aussi,
était un écuyer aussi distingué qu'intrépide
chasseur ; il se proposa donc pour être le
galant cavalier de sa voisine ; et dès ce
moment, aussitôt qu'un beau jour, une belle
matinée, une douce soirée s'annonçaient ;
on rencontrait partout le jeune couple, suivi
de loin par un domestique.

Dans ces longues courses, que pouvaient
bien se dire les deux promeneurs ? — Les

premiers jours, quelques bagatelles probablement, — bientôt quelques impressions
communes et partagées, — bientôt peut-
être rien! car il est en ce monde des
silences qui disent plus que la parole : —
oui, il est en ce monde un sentiment qui
vit et s'exprime seul, en sa langue secrète
et charmante, — qui fait que partout, à
pied, à cheval, partout où est l'objet aimé,
on se parle sans se rien dire, on se comprend sans se le dire, on s'aime sans se
le dire! — C'est là, faut-il l'avouer, que
déjà en était arrivé M. de Reuilly. —
En un jour, en un instant, il avait tout
oublié, et, presque sous les yeux de sa
tendre et fidèle épouse, il aimait une autre
femme. — Cette femme le payait-elle de
retour? Hélas! il est rare que, lorsqu'on
aime bien, on ne soit point aimé. — Tout.

dit-il ; — pour l'amour de Dieu, par notre amour, dites-moi qui vous êtes ! »

Madame Albert fut alors saisie d'un inexprimable trouble. — Pâle comme la mort, ses grands yeux se baissèrent, et comme presque effrayée de ce qu'elle allait révéler, — le doigt sur la bouche — : « Aujourd'hui, lui dit-elle, que je vais vous livrer le secret qui peut-être va me condamner à vos yeux; aujourd'hui j'hésite, je tremble que cette main, si souvent pressée, couverte par vous des plus tendres baisers, ne vous semble une indigne, une indigne de votre amour, quand vous saurez *ce qu'a fait cette main!* »

M. de Reuilly la rassura d'un regard, et elle lui confia ce qui suit :

XL.

Madame Albert n'était point *madame Albert*. — C'était un nom d'emprunt.

Sa famille, originaire de la Havane, était l'une des plus connues, des plus anciennes. — Les *Hernandez* avaient, de père en fils, tenu en Espagne et dans la colonie l'un des premiers rangs par leur attachement et leurs services à la monarchie des Bourbons. — Plusieurs des Hernandez avaient été intendants à la Havane; ils y avaient fait une fortune considérable; d'autres, avaient été généraux, en Espagne; certains y étaient encore.

Mariée à un homme qu'elle n'aimait point, qui n'était ni de son rang, ni de sa caste, ni de sa foi, ni surtout de son cœur; la comtesse OREIRAS était devenue veuve au bout de deux ans, sans joies, sans bonheur, sans enfants.

La comtesse, alors, s'était rapprochée des siens, avait avec eux renoué les liens que son mariage avait un instant relâchés; était, en un mot, rentrée dans les idées, les opinions, les rancunes, — les haines, faut-il le dire, de tout ce qui n'était pas Bourbon d'abord, Espagnol ensuite.

Les haines sont promptes, elles engendrent tout, comme le patriotisme. — Rien ne leur coûte, rien ne les effraye, rien ne les arrête, et dans le cœur d'une femme,

13

quelque faible qu'on la suppose, elles fermentent comme quelque chose qui, à son heure, à son jour, doit éclater et parler.

La comtesse Oreiras, avec cette sorte de passion patriotique, cette sombre haine de tout ce qui n'était pas sa patrie et de sa patrie; — avec son dévouement, son attachement inaltérable et inaltéré à la vieille monarchie des Bourbons, n'avait pu voir sans douleur tous les excès qui avaient ensanglanté l'Espagne depuis le renversement du trône légitime : — quelle ne fut point sa colère et sa stupeur lorsque, tout à coup, elle vit arriver à Madrid, — monter sur le trône de Castille, — s'y installer dans le vieux palais des rois, un prince étranger, un Italien, le prince Amédée de Savoie !

Dès lors, tout ce qu'il y avait en elle, au fond de son cœur, de ses entrailles, de patriotisme et d'orgueil espagnol, se révolta, — sa tête se troubla, — le fanatisme parla, — son âme s'enhardit, — sa main criminelle s'arma.

Dès lors, liée avec quelques exaltés comme elle, elle se sentit comme la vocation de délivrer sa patrie de l'étranger, — son parti fut pris.

Seule, durant quelques jours, elle alla reconnaître les lieux, la rue, la porte de la maison propice à son fatal dessein ; elle fixa l'heure, le moment de frapper, et au jour arrivé (18 juillet 1872), le cœur et le bras forts, elle se déguisa en homme, — mit sur sa tête un grand chapeau aux larges bords, — sur ses épaules, un long manteau noir, comme celui des étudiants. — Sous ce manteau elle arma son pistolet, et, postée sous une porte de la rue *del Arenal,*

elle attendit : il était dix heures et demie
du soir :

« Le roi Amédée, dit-elle, rentrait au
palais; il était en voiture avec un aide de
camp. — Au moment où la calèche passa
devant moi, deux coups de feu retentirent,
— c'était moi, fit-elle en pressant la main
de M. de Reuilly, qui les avait tirés ; —
le premier, sur un des chevaux, qui était
atteint, — le second, sur le roi, qui ne
l'était point. Le coup était manqué. — A la
faveur du trouble de tous, et surtout des
efforts faits par le cheval blessé pour se re-
lever, je pus m'échapper, me cacher dans
une maison dont les portes m'étaient d'a-
vance ménagées. — Il y avait alors peu de
monde dans la rue del Arenal, quelques
gardes de police arrivèrent. Le roi descen-
dit de voiture, monta avec son aide de

camp, le général Burgos, dans une autre et rentra au palais.

« Quant à moi, dès le lendemain, j'étais en lieu sûr. — Je restai ainsi à Madrid assez longtemps. — On fit partout les recherches les plus actives, elles furent vaines, jamais on ne put rien découvrir. »

Telle fut la première partie du secret que la comtesse avait à révéler à M. de Reuilly. — Cet acte, blâmé par les uns, excusé par les autres; cet acte, inspiré par un sentiment, un égarement qui ne se discute point, trouva-t-il dans celui à qui il était raconté un approbateur ou un juge?

Mon Dieu! d'abord, on pardonne tout à celle qu'on aime; puis, en présence d'une femme, de la faible et forte femme qui avait ainsi exposé, sacrifié sa vie pour ce qu'elle croyait la délivrance de son pays, que faire, que dire et que penser?

M. de Reuilly ne l'aima que plus follement.

Il en est souvent ainsi — les mâles courages inspirent les mâles amours — et dès cette heure, ce fut non plus à une frêle et fugitive fantaisie qu'obéit M. de Reuilly, mais à une fière et invincible passion.

XLI.

Lorsque les premières émotions qui sui-
virent l'événement du 18 juillet commencèrent à s'apaiser, la comtesse Oreiras
sentit cependant que sa place n'était plus
ni à Madrid ni en Espagne. — Là, elle se
sentait comme sans cesse interrogée du
regard, suivie, découverte; elle résolut de
fuir, — elle avait un frère à La Havane,
elle partit pour l'Amérique.

Débarquée à New-York, vers la fin de
1872, la comtesse s'y installa, — elle avait

une fortune considérable, s'était arrangée
pour en réaliser une partie, — elle y commença une vie nouvelle.

La première chose dont elle s'informa
fut de la situation de l'île de Cuba, où elle
avait, de moitié avec son frère *Hernandès*,
des possessions considérables.

Les nouvelles qu'elle trouva à New-
York étaient terribles, et, ici, la comtesse
dut faire à son ami la relation de tout ce
qui était arrivé à Cuba, sa patrie, depuis
le commencement de l'insurrection.

Ainsi, elle lui révéla la seconde partie
de sa mystérieuse existence, son second
secret, celui qui avait motivé son arrivée
en France, au pavillon de Varolles.

M. de Reuilly, intéressé au plus haut
degré par l'attrait de cette nouvelle confidence, lui mit la main dans la main, et tous

deux étant assis sous la tonnelle du jardin, sur ce cher banc des amoureux; elle
lui révéla ce qui suit : presque l'histoire
tout entière des espérances de sa patrie.

XLII.

Le 10 octobre 1868, le premier cri de l'insurrection cubaine contre l'Espagne avait été poussé à Jara. — Les chefs de cette insurrection, qui coûta des flots de sang et devait durer dix longues années, s'appelaient : Carlos-Manuel Cespédès — Aguilera et le marquis de Santa-Lucia.

Le but des insurgés était : la séparation complète de la mère patrie, et la complète indépendance de Cuba, constituée en une grande et libre république.

Cuba, la *perle des Antilles*, est la plus grande, la plus belle, la plus riche possession de l'Espagne en Amérique; sa population dépasse deux millions d'habitants. — Son étendue est considérable, — quatre grandes rivières y coulent. — On y trouve d'immenses et superbes forêts, une multitude de baies et de ports s'ouvrent sur toutes ses côtes, — près de toutes ces côtes le sol est fertile, admirablement travaillé. — C'est là, dans ces contrées bénies du soleil et du ciel, que se trouvent les grandes plantations de sucre, les grandes plantations de tabac, qui donnent cette feuille exquise, connue du monde entier.

Son commerce est considérable, les navires de toutes les nations encombrent ses ports, — sa capitale, la Havane, respire le luxe et la richesse, — sa population blanche est intelligente, sa population noire travaille bien; à tous ces titres et en dépit d'une multitude d'abus et de lois en désaccord avec le temps, l'île de Cuba était encore, en 1868, l'un des plus beaux fleurons de la couronne d'Espagne; — en 1868, Cuba donnait encore à la mère patrie un revenu de plus de 40 millions ; — mais aussi, à tous ces titres, la liberté pour tous, noirs et blancs, et la délivrance du joug imposé par l'Espagne étaient la grande récompense offerte au patriotisme comme au courage des Cubains.

Dans les premières années, les forces des insurgés n'avaient été que faibles et disséminées; mais déjà, vers 1871, elles s'étaient partout doublées, concentrées; tout le monde valide, de l'intérieur surtout, maîtres, esclaves, avaient pris les armes, et

au nom de l'indépendance, 45,000 hommes
étaient en ligne. — Trois généraux cubains
les commandaient : — Figueredo, à l'orient,
— Agramonte, au centre, — Cazanova,
à l'occident.

Le président de la nouvelle république,
Cespédès, était dans la province du Cama-
guez. — *Aguilera,* vice-président, était à
ses côtés.

La grande force des insurgés était, outre
leur courage et celui de leurs chefs, la
connaissance et la nature des lieux dont ils
avaient le secret. — Ce qu'on appelle *las
maniguas* sont de grandes plaines cou-
pées et comme piquées (*salpicadas*) d'une
multitude de petits bois, de buissons, de
fourrés, d'épines impénétrables.— Là, point
de vrais chemins; là, des sentiers où peuvent à peine passer deux hommes de front.

C'est de ces repaires impénétrables que les insurgés lançaient à leur gré et à leur heure leurs forces sur les villes, les villages, les hommes, les escortes, les convois qu'ils voulaient attaquer, rançonner, brûler; — c'est là qu'ils se réfugiaient au besoin, se tenaient, se ravitaillaient; c'est de là que les hardis partisans : Sanguilé — Rolof — Suarès — Pépé — Gonzalès — Maximo Gomez, sortaient et tombaient à l'improviste sur les forces que le gouvernement espagnol dirigeait contre eux.

Avec ce système, la guerre devait être éternelle, et, en effet, lorsque la comtesse Oreiras débarquait à New-York, il y avait bientôt quatre ans que la lutte durait sans que de notables succès eussent été remportés de part ni d'autre.

Dans ces quatre années, cependant, bien

des rencontres, bien des expéditions avaient eu lieu dans toute l'étendue de l'île. — En même temps, bien des débarquements d'armes, de munitions, de matériel de guerre et même d'hommes s'étaient succédé sur toutes les côtes. — Aux environs de Santiago-de-Cuba principalement, les débarquements opérés étaient plus fréquents, — le partisan Aguero, par exemple, y avait fait une descente couronnée du plus grand succès. — Tous ces navires venaient d'Amérique.

Sur terre aussi, les succès n'étaient pas moindres. — Un partisan intelligent et audacieux, *Maximo Gomez*, à la tête d'une véritable armée, y avait plus que souvent promené la terreur de ses armes; partout il était demeuré vainqueur; le jour, par exemple, où, attaqué par le général Cam-

pos avec 3,000 hommes, dans le petit fort
d'*Alto del Toro*, où il s'était réfugié, il en
était sorti comme la foudre et avait complè-
tement battu son ennemi.

Ce n'est point toutefois que, quelquefois
aussi, les surprises n'aient réussi aux Espagnols; — on citait entre autres celle où,
en septembre 1871, le président Cespédès
et toute sa suite avaient manqué de tomber
au pouvoir de son ennemi. — C'était à l'endroit appellé *Las Tuñas* que cette surprise
avait eu lieu; — on y avait trouvé les
sceaux de l'exécutif et ceux des affaires
étrangères, — le portrait de la femme du
président, doña Anna de Quesada, — tous
les chevaux de l'escorte, — ceux du ministre des affaires étrangères, Ignacio
Mora, — ceux de F. Maceo, secrétaire de
la guerre, — ceux du secrétaire des

finances, Emilio Cespédès. — A peine si le président et tout son gouvernement avaient eu le temps de s'échapper.

En même temps que ces faits de guerre avaient lieu, des désordres éclataient partout dans les villes principales de la colonie, à Cuba principalement. — Là, le gouverneur lui-même, le capitaine général et toutes les autorités espagnoles avaient dû céder devant une force nouvelle qui leur dictait impérieusement sa loi.

XLIII.

Cette autorité s'appelait les *volontaires*.

Les volontaires étaient Cubains, — on avait espéré que cette origine leur donnerait sur l'insurrection une certaine force, il n'en fut rien : les volontaires furent l'insurrection elle-même contre le gouvernement espagnol.

Les volontaires armés, organisés, étaient partout des maîtres et des tyrans. — Ce sont eux qui désignaient, accusaient et condamnaient ceux qu'il leur plaisait; — ce sont eux qui, en 1871, arrêtaient, à la Havane, 50 étudiants en médecine accusés d'avoir arraché les couronnes d'immortelles qui décoraient le tombeau de Gonzalo Castanon, journaliste espagnol, celui du général Manzano, ancien capitaine général de Cuba, ceux de Gusman et de Camprodon.

Ce sont les volontaires qui ordonnaient au général Crespo et au gouverneur civil, Roberts, de convoquer immédiatement un conseil de guerre pour juger ces malheureux étudiants. — 42 furent condamnés aux travaux forcés, — 8 furent fusillés, le plus jeune avait seize ans, le plus âgé dix-huit. — Les 42 autres balayaient le lendemain les rues de la Havane avec les forçats, auxquels ils étaient attachés par la même chaîne.

Ce sont les volontaires qui faisaient à la

Havane, en armes, une manifestation de
10,000 hommes contre la loi qui les appelait au service militaire en Espagne. —
Ils aimaient mieux rester à la Havane, pour
refuser tout service et massacrer à leur gré
les Cubains inoffensifs.

Ce sont eux qui faisaient une émeute
contre le capitaine général Dulce et qui
l'expulsaient parce qu'il avait épousé une
Cubaine, que nous connaissons tous à Paris.

Ce sont eux qui, en mai 1872, à San-
tiago, exigeaient de toute personne pré-
sumée riche le versement immédiat de
2,000 piastres (10,500 francs) : — ceux
qui refusaient étaient fusillés.

XLIV.

« On voit d'ici, continuait la comtesse à son cher auditeur, dans quel état était plongée notre pauvre colonie. La mort était partout, le gouvernement espagnol se ruinait en généraux, en hommes et en argent, et les Cubains, de leur côté, ne perdant pas un pouce de terrain, s'y fortifiaient au contraire. En même temps, les débarquements d'armes continuaient ; — les steamers *Hornet, Florida, Webster* apportaient incessamment hommes, munitions, armes et

argent; seul, le *Virginius* avait été pris et
ses hommes fusillés.

« Par contre, une grande expédition pré-
parée aux États-Unis par le partisan Carlo
Garcia réussissait. — A vingt lieues de la
Havane, il avait débarqué, avançait à
grands pas sur la Havane même, tournait
par son débarquement à *La Vuelta de Abajo*
les forces espagnoles qui défendaient et
barraient les riches plantations de sucre et
de tabac jusque-là intactes, et marchait
résolument à l'ennemi.

« Les Espagnols, attaqués, menacés,
harcelés de tous côtés à la fois, à l'est, à
l'ouest, au centre, avaient établi trois grands
cordons militaires, qui, partageant l'île en
autant de zones, leur permettaient d'accourir en force à la moindre surprise. —
Ces lignes étaient formées de blockhaus

armés et fermés, garnis d'artillerie et de
munitions; c'étaient : la ligne (*La Trocha*)
del Ciego, — celle de l'est, de *Nuevitas* à
La Zanja, — celle de *Jucaro;* mais, avec
des partisans hardis, légers de bagages,
bien armés, ces lignes étaient sans cesse
violées, passées, traversées. — C'est ainsi
que, déjà en 1873, partout où il le pouvait,
l'intrépide *Maximo Gomez* promenait ses
hommes à *Zarzal*, au fort de *La Zanja*, à
La Sacra, à *Nuevitas*, et partout tenait tête
aux Espagnols. »

Tel était le récit de la comtesse, récit
accentué par ce quelque chose d'inspiré
dans la bouche de celle qui raconte ce
qu'elle sait et ce qu'elle aime; — telle était
la situation des combattants, lorsqu'un jour,
au commencement de 1874, la comtesse,

étant toujours à New-York, apprenait une
nouvelle qui, du jour au lendemain, allait
changer sa destinée.

XLV.

Il y avait à New-York, depuis le commencement de l'insurrection, depuis 1868, un
comité cubain chargé de toutes les affaires
qui regardaient la colonie. — Ce comité
était présidé par Ramon Cespédès, allié
au président, — il était chargé d'expédier
les armes, les hommes, les munitions et
l'argent nécessaires aux insurgés. — La
comtesse Oreiras, Cubaine et patriote qu'elle
était, avait naturellement lié avec Cespédès
d'étroites relations ; c'est par lui qu'elle

14

avait su tout ce qu'elle achevait de raconter à M. de Reuilly; et, un jour qu'elle
venait aux nouvelles, quelle ne fut point
son émotion lorsqu'elle apprit la trame
infernale, le crime qui se tramait, dit-on,
contre la pauvre colonie!

Les États-Unis, en présence des insuccès
du gouvernement espagnol, en présence
des sacrifices énormes en hommes et en
argent déjà faits par lui, en présence de la
banqueroute qui le menaçait; lui propo-
saient de leur vendre, à deniers comptant,
l'île de Cuba. — Ils offraient *trois* mil-
liards.

Vendre sa patrie pour de l'argent! —
A cette nouvelle, vraie ou fausse, la comtesse ne se contint plus; — retrouvant en
elle la vive étincelle du sentiment qui, à
Madrid, avait déjà armé son bras, elle fit

en un jour tous ses préparatifs, emporta une forte somme, se jeta dans le premier navire en partance pour la Havane, et, quelques jours après, elle y débarquait.

XLVI.

« A peine arrivée, continua-t-elle avec
émotion, je courus à la maison paternelle,
elle était fermée, — tous les volets comme
la porte étaient clos, — la rue était presque
déserte, quelques voisins seulement me
regardaient, ils étaient tristes, baissaient les
yeux, se regardaient d'un certain air. —
Je vis qu'il y avait quelque chose. — Mon
frère était-il absent, — détenu, — mort ?
Je frappai. — Au bout de quelques instants,
j'entendis des pas lents et tristes, la porte

s'ouvrit, et je vis ma vieille nourrice, *Margarita*, pâle, défaite, les larmes dans les yeux, me tendre les bras, elle m'avait reconnue : « *Et mon frère ?* lui dis-je. — Hélas ! fit-elle, entrez, je vous dirai tout ! »

« La porte se referma sur ses gonds en criant (il y avait si longtemps qu'elle n'avait été ouverte) ; — et là, dans cet intérieur désolé, solitaire et muet, ma nourrice me raconta ce qui était arrivé.

« Votre frère, me dit-elle, n'est plus ici depuis plus de trois ans. Vous savez que nous sommes en guerre, n'est-ce pas ? — tous nos messieurs sont partis, — ils sont dans l'île avec des soldats, ils se battent tous les jours avec les Espagnols, — on dit que c'est pour notre bien. — Votre frère est un des chefs, il commande beaucoup de

14.

soldats, il y en a des blancs, ii y en a des
noirs. — On dit qu'il y a déjà beaucoup
de morts, — des blessés, on ne les compte
pas ; mais ils sont bien soignés. — On ne
dit pas que votre frère ait été tué, il est
peut-être blessé ; nous n'en avons aucune
nouvelle ! »

A ce triste récit, la comtesse n'avait pas
hésité. — Forte du sentiment, du double
sentiment qui l'animait, — rejoindre son
frère et défendre sa patrie, — elle avait mis
en quelque paquet ce qui lui était nécessaire ; sous ses vêtements la grosse somme
qu'elle avait en or, et elle avait couru rejoindre son frère.

XLVII.

Son voyage fut long et pénible. — Elle
avait facilement trouvé à la Havane, d'où
elle était, où sa famille était connue, quelqu'un pour lui faire faire les premiers pas,
la mettre sur la voie. — Ce guide la passa
ainsi à d'autres guides gagnés à la cause.
— Presque chaque jour arrêtée, retenue,
examinée, interrogée, elle eut réponse à
tout et à tous, et en moins d'une semaine,
en six jours, elle arrivait, les pieds en
sang, à l'espèce de camp où on devait lui
dire si son frère était mort ou vivant.

« Ce jour-là, continua-t-elle, ne me sera
jamais oublié. — Il était neuf heures du
soir, la nuit était calme, radieuse, les étoiles
brillaient de l'incomparable éclat de ces
climats, tout se taisait, on n'entendait que
le pas cadencé des sentinelles qui gardaient
le camp.

« Arrivée près de l'une de ces sentinelles, j'y fus arrêtée, et, lorsque j'eus dit
qui je cherchais, un soldat me conduisit
par des sentiers perdus dans une étroite
vallée, au fond de laquelle s'élevait une
petite tente blanche, surmontée d'un drapeau étoilé bleu et blanc, le drapeau des
insurgés.

« Là, on m'introduisit auprès d'un officier aux traits calmes et froids; — d'un
regard que je vois encore, il m'avait dès
l'abord interrogée; — c'était le général

Maximo Gomez. — Je lui dis ce qui m'a-
menait, — mon frère d'abord, — les blessés à soigner ensuite; — il sourit, me
serra la main et donna l'ordre à l'un de
ses officiers de me conduire à la tente du
colonel *Hernandès.*

« Mon frère était donc colonel ; — nous
arrivâmes, — on lui dit qu'une femme le
demandait, il parut, me fixa, hésita, puis
ouvrant ses bras : « *Carmen ici!* » s'é-
cria-t-il.

« Ce que nous eûmes à nous dire durant
toute cette nuit, — ce que j'avais fait à
Madrid, pourquoi je l'avais quitté, — les
espérances que j'y avais laissées parmi les
fidèles, — ce que j'avais fait à New-York,
— ce que j'y avais appris, — ce que je
venais faire, faible femme que j'étais, pour
arracher notre Cuba à l'injure qui la me-

naçait, — tout cela fut dit et compris en moins de temps qu'il ne faut pour l'écrire.

« Mon frère alors me dit, à son tour, pourquoi on avait pris les armes, — quel était le but de l'insurrection, — comment, outre les nègres, un grand nombre de riches Cubains avaient souscrit de leur argent, de leur concours, de leurs bras, de leurs armes à cette indépendance, prochaine suivant lui ; — quels étaient les chefs et les soldats, — quelles étaient les ressources et les espérances ; enfin, en une heure, j'en avais appris plus que par toutes les lettres du monde ; — dès lors, je savais où était mon devoir, et, aux côtés de mon cher frère, je courus le remplir. »

XLVIII.

La vie de la comtesse, dès ce moment, fut celle d'un soldat et d'une infirmière : la vie des camps.

Les marches, la fusillade, les attaques, les revers, les victoires se succédèrent ainsi longtemps. — Les blessés de l'ambulance n'étaient guère soignés que par la comtesse, elle les guérissait tous.

La guerre, l'impitoyable guerre, avait ainsi son cours avec ses chances de chaque jour, de chaque heure, comme elle a lieu dans un pays accidenté, coupé, où tout est

audace, ruse ou adresse, lorsqu'un jour,
c'était le 15 mars 1874, une action, un
combat qui devait décider du sort de la
comtesse s'engagea.

Le 13 mars, le brigadier espagnol Ar-
minan, avec un corps d'à peu près
2,400 hommes, avait infligé aux Cubains,
dans la contrée d'*Imaguayn*, des pertes
considérables.

Les Cubains s'étaient alors repliés dans
la contrée de *Las Guazimas*, et là, sous le
commandement de l'intrépide Maximo Gomez, ils s'étaient reformés et attendaient
l'ennemi.

Pour bien saisir comment se faisait cette
guerre de surprises et d'embuscades, la
connaissance des lieux est indispensable.
— Les insurgés cubains, qui combattaient
dans leur propre pays, avaient mieux que

nuls autres cette connaissance de ces moindres lieux. — La contrée de *Las Guazimas,*
où va se passer cette décisive action, se
compose (comme dans la plupart des lieux
semblables situés au milieu de l'île) de
grandes *savanes,* de grandes plaines plan-
tées de hautes herbes, au milieu desquelles
s'élèvent çà et là, piqués comme des points
noirs, une multitude de bouquets d'arbres,
de fourrés, de ronces, noirs et impénétrables, coupés par mille sentiers étroits dans
lesquels deux hommes de front peuvent en
arrêter cent. — Ces îlots de bois, qui s'ap-
pellent des *saos,* des *maniguas,* sont, pour
ceux qui les occupent et s'y cachent,
presque la victoire. 'C'est dans une de ces
savanes, celle de *Las Guazimas,* que, le 15
au matin, Maximo Gomez, battu le 13, attendait sa revanche.

15

Rangé en bataille près d'une *manigua,* avec quelques compagnies de son infanterie, il avait caché le gros de sa troupe dans les grands bois de cette même *manigua,* — sa cavalerie tenait le milieu de la savane. — C'était un défi et une ruse.

L'action commença. Quatre escadrons de la cavalerie espagnole furent lancés les premiers avec l'ordre de *tâter* seulement la cavalerie ennemie. — L'infanterie suivait. — La cavalerie espagnole (inférieure suivant les Espagnols eux-mêmes à la cavalerie cubaine, plus légère), — humiliée d'avoir été souvent battue, — ne se contint pas, comme elle en avait reçu l'ordre, et s'emporta.

La cavalerie cubaine alors fit adroitement mine de se replier tourna bride, et, suivie par les Espagnols. elle gagna au galop le bois de la *manigua*, où se cachait toute l'infanterie cubaine.

Maximo Gomez alors, comme un lion, sort du bois, chasse devant lui tous ces cavaliers, arrive à l'infanterie espagnole, la perce, la crible de son fer et de son feu, la poursuit jusqu'à la nuit et ne la quitte qu'après sa déroute, — un désastre complet.

Dans cette poursuite, le frère de la comtesse, le colonel Hernandès, était à la tête de ses Cubains, l'épée à la main, et il frappait un grenadier espagnol, lorsque celui-ci, se retournant et de son fusil le visant à la tête, l'étendit raide mort. — La comtesse était à ses côtés, un pistolet à la main : — à la vue de son frère qui tombait, elle se jeta sur son corps pour lui porter secours ; mais alors le même gre-

nadier, lui arrachant le pistolet, la prit dans
ses robustes bras et la jeta à ses camarades,
qui l'emportèrent.

Elle était prisonnière.

Dès lors, le pauvre régiment du colonel
fut comme veuf, — son colonel mort et sa
sœur de moins, il aurait mis volontiers un
crêpe à son drapeau.

Les soldats en campagne sont comme
une vraie famille; lorsque quelqu'un manque à la gamelle, à la tente, au bivouac du
soir, ne fût-ce que le pauvre chien qui va
au feu avec eux; ils se regardent et se
taisent. Dans ce regard et ce silence, il y
a presque une larme.

Après sa prise à *Las Guazimas*, la comtesse avait été immédiatement dirigée vers
le camp espagnol. — Là, on l'amena auprès du chef, — on l'interrogea sommaire-

ment, puis elle fut envoyée à La Havane,
où elle devait être jugée par le conseil de
guerre.

XLIX.

La comtesse, à son arrivée, avait été déposée dans le château del Morro (*castillo del Morro*), grand fort qui domine la mer du haut de ses sombres et vieilles tours.

Enfermée seule dans un cachot, ce ne fut qu'à quelque argent qu'elle dut d'être bientôt mêlée aux autres détenus.

Lorsqu'elle parut au milieu d'eux, lorsque tous ces prisonniers virent sortir de sa noire cellule cette grande et superbe créature, ils en furent comme éblouis; — ce fut comme le rayon de vive lumière éclatant tout à coup au milieu des ténèbres.

La comtesse avait en effet conservé, à travers toutes ses épreuves, comme une beauté plus majestueuse et plus fière. — Elle portait sur son front comme les stigmates de toutes ses blessures; — tous l'aimaient, la respectaient; — elle était comme l'âme et la providence de la prison. — Un jour vint (c'était vers la fin de 1874) où on la prévint qu'elle allait passer devant le conseil de guerre pour être jugée.

Si l'on avait vu alors tous ces prisonniers, de tout sexe, de toute condition, de toutes fautes peut-être; tristes, mornes, inquiets du sort qui attendait leur amie, ne sachant si elle reviendrait, si la sentence devait être une fatale sentence, si cette fière tête devait tomber ou non; on se serait plus

que jamais convaincu de l'empire qu'exerce
partout, en tous lieux, même en prison, la
noblesse d'une grande cause et d'un grand
sentiment.

Un matin donc, deux gardes arrivèrent,
lui lièrent les mains et la prévinrent qu'elle
allait être conduite, à pied, à la caserne
(*quartel de la Fuersa*) où siégeait le conseil
de guerre.

On savait à la Havane que la sœur
d'Hernandès, la comtesse Oreiras, avait été
prise les armes à la main et qu'on allait la
juger. — La comtesse avait encore dans la
ville tous les amis de sa famille, quelques
parents, — tout le monde était sur les
portes pour la voir descendre du château.

La comtesse était vêtue de noir, ses
cheveux blonds étaient relevés par un ruban
noir, — sa démarche était simple, haute,

fière ; — elle avait fait ce qu'elle croyait son devoir, — elle était sûre de sa conscience.

La tenue des conseils de guerre est en Espagne entourée d'une grande majesté.

Dans la salle choisie à cet effet, les officiers en grande tenue siègent suivant leur grade, assis, armés et couverts. — Les défenseurs des accusés sont aussi des officiers.

Celui qui écrit ces lignes a souvent rempli cet office.

L'accusé est amené, escorté de gardes, et son interrogatoire commence.

L'interrogatoire de la comtesse fut des plus longs et des plus détaillés.

Où avait-elle été prise ? — comment se trouvait-elle au combat de *Las Guazimas* avec son frère, le colonel Hernandès ? — pourquoi était-elle venue à Cuba ? — d'où

15.

venait-elle? — n'était-elle pas affiliée à quelque conspiration contre le gouvernement espagnol? — avait-elle des complices? — quels étaient-ils? — où s'était-elle procuré les fonds qu'on avait trouvés sur elle? — de qui étaient les lettres non signées également trouvées sur elle?

Telles étaient les questions qui lui furent adressées.

La comtesse, fière du sentiment qui n'avait cessé de l'inspirer, — de cette voix douce et ferme tout à la fois qui sort du cœur, — dit à ses juges tout ce qu'elle pouvait dire, tut tout ce qu'il fallait taire; dit, en un mot, qu'elle était venue pour empêcher son pays d'être vendu à des marchands, combattre pour son indépendance, soigner les blessés et donner la sainte sépulture aux morts! — Rien de plus, rien de moins.

Le conseil, qui ne savait rien d'autre de l'accusée, touché de cette évidente noblesse, ne voulut point de la tête d'une femme et condamna la comtesse à être expulsée du territoire de Cuba.

« N'ayant plus rien à faire dans mon cher pays, dit la comtesse, je m'embarquai pour la France, la France, qui accueille toutes les infortunes, et voici comment, ajouta-t-elle en pressant tendrement la main de M. de Reuilly, madame *Albert* est aujourd'hui auprès de celui qu'elle aime... presque autant que sa patrie !... »

Tel fut le récit, telle fut l'histoire de la pauvre exilée.

Tous ces accidents, tous ces détails de guerre, de combats, de blessés, d'indépendance, de liberté, avaient attaché, captivé

M. de Reuilly, comme s'il y avait été lui-
même. — On aime dans celle qu'on aime
tout ce qu'elle a dit, fait, pensé et rêvé ; —
l'amour est aveugle, aveugle de cette cé-
cité qui lui fait, qui lui ferait tout pardon-
ner, une erreur, un oubli, une faute, presque un crime !

Dès lors, dès ce jour de la longue confidence, dès ce jour qui lui révélait enfin tout
ce qu'avait été, ce qu'était celle qu'il nom-
mait son *héros ;* la coupable passion de
M. de Reuilly ne connut plus de bornes ;
il ne respira plus, n'exista plus que pour
celle qu'il adorait, — ne la quittant plus,
toujours avec elle, auprès d'elle ; — sans
se douter, hélas ! de la catastrophe qui le
menaçait.

L.

M. de Simors, qui savait par son ami
ce qu'était madame Albert, n'avait point
tardé, on le pense bien, à s'apercevoir de
ce qui se passait.

Irrité et confus de voir son ami ainsi
aveuglé et perdu, ainsi engagé dans des
liens qui ne pouvaient qu'être le malheur
de sa vie, le malheur de tous; — il lui dé-
montra toutes les suites, tous les dangers,
toutes les conséquences d'une semblable
liaison; — il fit appel à tout ce qu'il devait y

avoir au fond de ce cœur égaré de bons et
tendres sentiments, de respect pour une
femme qui l'adorait; — il lui rappela comment il s'était marié, avec quels transports
d'amour et de joie il avait rêvé ce mariage,
avec quelle ivresse il avait accueilli le consentement qu'il sollicitait si vivement de
son meilleur ami; — il lui rappela toutes les
angoisses de sa femme lors du siège de
Paris, toutes ses joies lorsque, à travers
les dangers de la Commune, il la lui avait
ramenée à l'ambulance du Théâtre-Français; — à ce sujet, peut-être CALCHAS
avait-il déjà dû douter de son ami en le
voyant si malheureux de quitter sa belle
infirmière, mais cette impression, justifiée
ou non, s'était déjà évanouie, il l'avait oubliée.

Il lui rappela toutes les douleurs et les

larmes de sa pauvre femme, lorsque les voleurs de l'Etna l'avaient pris, — les joies de sa femme lorsque lui, CALCHAS, qui avait été le chercher, au péril de sa vie et de sa liberté, le ramena à Naples sain et sauf. — Il lui rappela la naissance de son adorée petite fille! Mais, hélas! déjà M. de Reuilly était arrivé à ce degré d'aveuglement où rien ne fait, ni conseils, ni prières, ni menaces; — il était fou, fou de cet amour qui n'entend rien, ne voit rien que l'objet aimé! — Il n'avoua donc rien, n'entendit rien, ne voulut rien, ne promit rien!

CALCHAS alors, irrité, éperdu, poussé à bout, CALCHAS, reprenant le rôle de suprême *oracle* et maître, dont il ne s'était jamais départi, lui prédit, en le maudissant, que bientôt il lui arriverait *malheur!*

L'oracle n'avait dit que trop vrai.

LI.

A quelques jours de là, c'était en octobre 1876, par un temps délicieux et couvert, — ni soleil ni vent, — ni froid ni
chaud (un vrai temps d'amoureux), — nos
deux amoureux étaient partis à cheval, avec
leur groom.

On suivait le petit chemin étroit, pier-
reux, qui conduit aux bois de Nesles; —
on ne se disait presque rien; le silence parlait presque seul; — tous les êtres vivants,
la nature, la brise, les bois, les chevaux

eux-mêmes, la tête contre la tête, semblaient être en ce charmant et secret accord, et on arrivait au pas à une petite
cabane, lorsqu'un gros chien de garde, qui
dormait sur le seuil, éveillé et surpris par
le pas des chevaux, se jeta, furieux, au
poitrail de celui de M. de Reuilly et le
mordit. — Percé par la dent du dogue, le
cheval fit un écart, sauta et désarçonna son
cavalier.

M. de Reuilly était tombé le front sur
une pierre aiguë, — le crâne était ouvert,
— le sang coulait.

La comtesse, d'un bond, était à terre.
— Elle se précipita sur lui, vit ce crâne
entr'ouvert, cette cervelle prête à s'échapper; — aussitôt, d'une main qui ne faillit
point, à genoux auprès du blessé, du mou-
rant, elle retint la cervelle dans son enve-

loppe, et cria au groom de courir à la
ville chercher à bride abattue le médecin.

Madame Oreiras resta ainsi une heure,
— et quelle heure ? — auprès de son ami,
— la main sur cette cervelle qui battait
encore, devant cette figure déjà livide,
frappée de mort ; espérant, priant, conju-
rant Celui qui pardonne tout de conserver
la vie à celui qu'elle aimait ! — Après cette
heure qu'elle n'oublia jamais, le médecin,
arrivé, ne put dire que la vérité, — M. de
Reuilly ne vivait plus.

On a compris la douleur, le déchirement,
la situation de la comtesse, — remettant
ce cher mort au médecin, elle rentra chez
elle presque sans vie et fit prévenir M. de
Simors par le groom.

LII.

M. de Simors, qui était au château, arriva aussitôt sur le lieu de la catastrophe,
il n'y trouva qu'un irréparable malheur !

Sa prédiction s'était accomplie !

Comment maintenant annoncer ce tragique événement à la fidèle épouse qui
attendait, comme tous les jours, la rentrée
de la promenade à cheval, et allait même
souvent à la rencontre de son mari, avec sa
fillette, dans les allées du parc ? — Comment lui dire qu'elle n'avait plus de mari,

— que ce mari était mort, comme frappé de sa propre faute, — aux côtés de celle qui l'avait remplacée dans le plus profond de sa tendresse et de son amour ?

Tout cela était impossible !

M. de Simors prétexta d'abord un retard, essaya quelques raisons vagues, — parla des chevaux quinteux, ombrageux, — parut s'inquiéter peu à peu lui-même, — alluma peu à peu, dans l'esprit de la pauvre femme, la crainte d'un danger, d'un événement ; puis enfin, comme il put, peu à peu, ouvrant ce pauvre cœur à la plus grande douleur qu'il eût jamais éprouvée... il dit tout.

Madame de Reuilly, alors toute à sa douleur (sans soupçonner un instant ce qu'avait pu être une autre femme dans le cœur de son mari), tomba dans les bras de

M. de Simors sans mouvement et sans vie.
— Le réveil fut affreux, — elle était veuve!

Cependant on avait rapporté au château
le corps inanimé de M. de Reuilly. — Il
lui fut fait les simples funérailles du village, et dans le cimetière on voit encore
son tombeau. — Ses noms seuls et une
date rappellent cette fatale aventure.

G. DE REUILLY

1876

Telles furent les malheureuses victimes
de cette passion à la campagne; — un mari
tué, — une veuve éplorée — et celle qui,
bientôt aussi, va disparaître de cette scène
maudite.

LIII.

Le lendemain même de la catastrophe,
la comtesse Oreiras, égarée, désolée, hon-
teuse, ne pouvait rester un jour de plus
dans son cottage de Varolles.

Avec l'ardeur de sa tête, la douleur de
son cœur, la folie de sa passion, elle avait
senti que jamais elle n'aurait pu vivre auprès de celle qu'elle avait ainsi offensée,
— vivre dans ce pays où les bois, les prés,
l'air, le jour, la nuit, tout lui rappelait
celui qu'elle avait perdu; — elle était partie.

Suivie d'une de ses femmes, elle avait, en deux heures, secrètement gagné Paris; puis de là, le soir même, elle fuyait vers la Suisse.

En Suisse, elle avait fait choix du village d'Interlaken, elle y avait loué une maisonnette écartée, presque perdue dans de grands arbres, et s'y était arrêtée, sous le nom de madame Albert, — son nom d'exilée, — de condamnée.

Quelques jours se passèrent dans cette retraite, au milieu d'un silence, d'une solitude que rien ne vint distraire; puis, un soir, la suivante fut étonnée de voir sa jeune maîtresse demander si, dans la contrée, il ne se trouvait point quelque prêtre catholique à qui elle aurait à parler.

Il s'en trouvait un, on le prévint qu'une malade le demandait. — Le lendemain, le saint prêtre se présentait chez celle qui l'attendait.

De quelle maladie était-elle atteinte? de quelles douleurs avait-elle à faire la confidence? de quelles fautes avait-elle à l'entretenir et à demander le pardon? Nul que lui ne l'a jamais su. — Mais, hélas! ce que tout le monde sut dès le lendemain, c'est ce qui suit.

Le lendemain, à l'heure habituelle, la femme de chambre de la comtesse, en entrant chez elle, restait saisie d'un horrible spectacle.

A côté d'une table, la comtesse était assise sur un fauteuil, demi-habillée de blanc, les cheveux dénoués, pâle, les yeux fermés! — Sur la table était une petite bague en or, dont le chaton était ouvert, et, à

côté, — le verre où elle avait versé le poi-
son. — Elle était morte !

Deux lignes tracées d'une main ferme
sur une petite feuille de papier disaient de
« n'attribuer sa mort à personne. — Elle
s'était empoisonnée par amour ! — Elle
donnait tous ses biens aux pauvres du petit
village d'Étampes. »

C'était son expiation sur la terre.

16

LIV.

Après la mort de M. de Reuilly, sa veuve et M. de Simors regagnèrent bientôt l'hôtel du faubourg Saint-Honoré. — Ce fut là, sur ce théâtre de tant de joies et de bonheur évanouis, que madame de Reuilly se retrouva la plus seule et la plus isolée des femmes. Une année se passa ainsi, une année durant laquelle M. de Simors ne quitta madame de Reuilly ni un jour, ni une heure de la journée.

Dans cette maison solitaire et fermée,

CALCHAS était resté ce qu'il était, — c'était lui qui faisait tout, décidait tout, lui qui était l'âme et la vie de la maison; — une volonté partagée.

M. de Simors, on ne l'a point oublié, était en même temps celui qui, après la terrible catastrophe, dépositaire d'un fatal secret, touché d'un malheur immérité, avait reçu la jeune veuve presque comme un héritage confié à son honneur, si ce n'est plus!

A tous ces titres, un autre sentiment avait-il peu à peu pris place dans son cœur? Il ne se l'avoua qu'à lui-même, et il demanda sa main.

De son côté, madame de Reuilly, habituée depuis toujours au secret empire de M. de Simors, n'avait pu oublier qu'en tous lieux, en toutes circonstances, avant et

après son mariage, — à l'ambulance des
blessés du siège, — durant les horreurs de la
Commune, — dans la caverne des brigands
de l'Etna, — elle n'avait cessé de trouver en
lui un ami toujours dévoué, toujours prêt,
exposant tout, jusqu'à sa vie ; — à tous ces
titres aussi, à tous ces souvenirs elle devait
une récompense.

Sans se consulter beaucoup, elle se trouva aisément d'accord avec elle-même, et,
pour récompense, elle lui accorda sa main.

C'est ainsi que CALCHAS, le confident et
l'*oracle* de son propre bonheur, devenait
l'année dernière le second mari de madame
de Reuilly. — C'est ainsi que tous les
jours, tous les soirs, nous rencontrons partout, au bras l'un de l'autre, M. et ma-

dame de Simors ; — heureux du présent sans avoir oublié le passé.

Seulement la première parole que prononça M. de Simors, le lendemain de son mariage, fut celle-ci : « *Et, maintenant, où irai-je passer mes soirées ?* »

Vous les passerez, heureux époux, auprès de votre femme, dont vous continuerez à être l'*idole*.

LV.

Ainsi la dynastie des CALCHAS a perpétué sa race, — ainsi se retrouve partout, avec nous, auprès de nous, comme la personnification du cher tyran qui nous domine et nous embrasse, — de celui qui, dans toutes nos pensées, nos passions, notre cœur, se dresse comme un maître absolu, unique, obéi, *aimé*. — Ainsi règne et régnera éternellement cette dynastie des CALCHAS, que rien ne détrônera.

Tous les CALCHAS à venir n'épouseront

point, comme Calchas II, la veuve de leur
ami; mais tous conserveront sur leur chère
et volontaire victime cet empire qui, pour
eux, est déjà la moitié du bonheur.

Commander à celle qu'on aime, c'est
aussi lui obéir, — c'est des deux côtés la
plus douce servitude qui soit au monde.

J'AI RACONTÉ.

Décembre 1878.

PARIS. — Impr. J. CLAYE. — A. QUANTIN et Cⁱᵉ ,rue St-Benoît. — [1600]

OUVRAGES

DE M. LE BARON DE NERVO

Voyage en Sicile, 1833 . . . . 2 vol. in-8°.

Les finances de la France et de l'Angleterre . . . . 1 vol. in-8°.

Les finances de la France, 1852-59 . . . . . 2 vol. in-8°.

Les finances du Cantal . . . . 1 vol. in-8°.

Histoire des finances françaises sous l'ancienne monarchie; la République, le Con-
sulat et l'Empire . . . . 4 vol. in-8°.

Histoire des finances françaises sous la Res-
tauration . . . . 2 vol. in-8°.

Le comte Corvetto, ministre des finances
sous le roi Louis VIII; sa vie . . . . . . 1 vol. in-8°.

L'Espagne, ses finances, son administration,
son armée, 1857 . . . . 1 vol. in-8°.

Histoire générale d'Espagne jusqu'à Ferdi-
nand et Isabelle . . . . 4 vol. in-8°.

Isabelle la Catholique, sa vie, son temps,
son règne, 1451-1504 . . . . 1 vol. in-8°.

Gustave III, roi de Suède et Anckarstroëm. 1 vol. in-8°.

Souvenirs de ma vie, 1810-1870 . . . . . . 1 vol. in-8°.

Dictons et proverbes espagnols . . . . . . 1 vol. in-8°.

Les Trois Ages de la vie . . . . 1 vol. in-8°.

[1600] PARIS. — Impr. J. CLAYE. — A. QUANTIN et C°, rue St-Benoît.

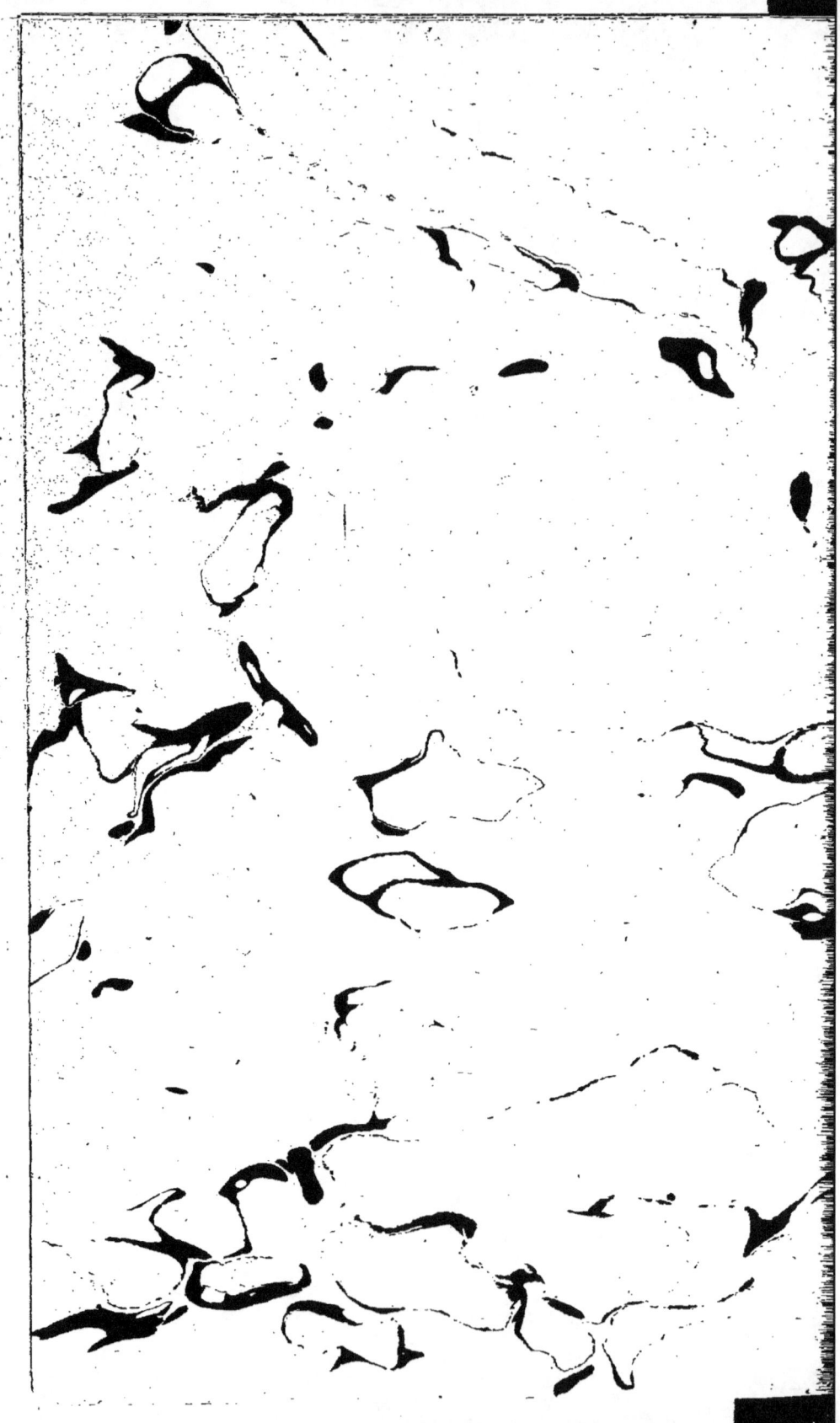

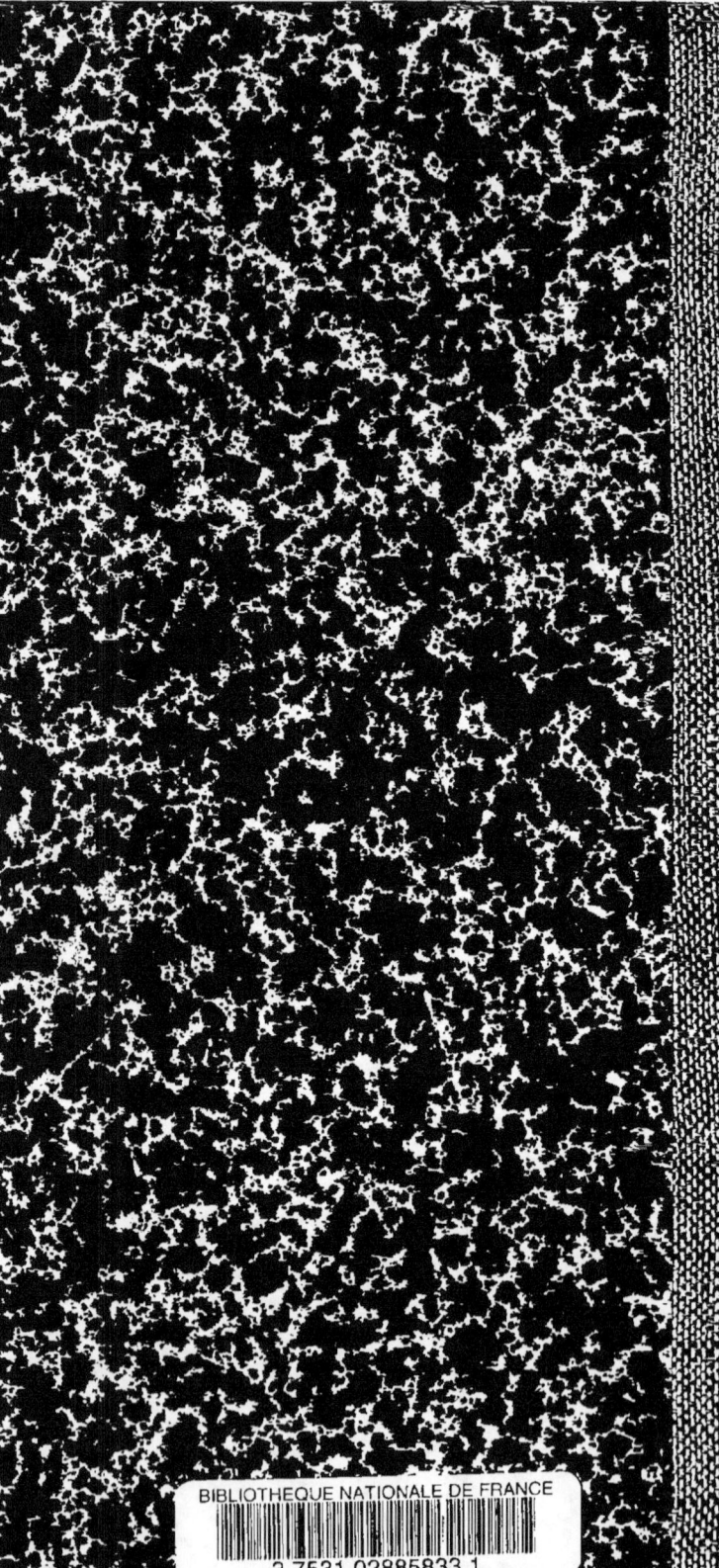

www.ingramcontent.com/pod-product-compliance
Lightning Source LLC
Chambersburg PA
CBHW071853020726
47502CB00003B/736